KIRSTINE REFFSTRUP

Ich, Unica

atb aufbau taschenbuch

Ich,

KIRSTINE
REFFSTRUP

Unica

ROMAN

Aus dem Norwegischen
von Elke Ranzinger

Mit einem Nachwort
von Julia Korbik

atb aufbau taschenbuch

Kirstine Reffstrup, geboren 1979, hat Abschlüsse von der Akademie der Schreibkunst in Bergen und der schwedischen Autorenschule Litterär Gestaltning in Göteborg. Sie lebte unter anderem in Berlin, wo ihr Debütroman »Ich, Unica« entstand. Der Roman wurde in Norwegen, Dänemark und Schweden veröffentlicht und für mehrere Literaturpreise nominiert, darunter der Montana-Preis. Das Buch wurde von der Dänischen Kunststiftung als eines der besten Bücher 2016 ausgezeichnet.

Elke Ranzinger hat Philosophie und Theaterwissenschaften studiert und arbeitet seit Jahren als literarische Übersetzerin aus dem Norwegischen.

In Berlin begegnet Unica Zürn kurz nach dem Krieg dem Künstler Hans Bellmer. Hinter ihr liegen zu diesem Zeitpunkt eine zerbrochene Ehe und der schmerzhafte Verlust ihrer Kinder. Zusammen verlassen Unica und Hans die zerstörte Stadt, und sie ziehen in ein kleines Dorf in der Nähe von Paris. Eines Tages erreicht sie dort der Brief eines Kunsthändlers, der ein neues Werk von Hans kaufen will. In der Abgeschiedenheit ihres Hauses beginnen er und Unica mit der Arbeit daran. Währenddessen blickt Unica zurück auf Fragmente ihres früheren Lebens in Berlin. Doch immer mehr scheinen dabei Vergangenheit und Gegenwart miteinander zu verschwimmen.

3 mal von der höchsten Mauer springen, 3 mal auf den höchsten Ast klettern, 3 mal um das Haus rasen, so schnell es geht – (und ich war nie ein guter Läufer) – bis fast das Herz bricht.

Unica Zürn

I

Ermenonville, 1957

Seit wir hier sind, haben wir keinen Menschen gesehen. Ich bin glücklich. Wir sitzen vor dem Haus auf der Veranda, Hans blättert in einem Kunstband, und ich versuche seinen Blick zu erhaschen. Die Schatten kommen näher. Er sieht mich nicht an, er betrachtet die Bilder. Unter der Krone der Linde seine hohen Schläfen, der Scheitel kahl wie ein Ei. Eben noch bohrte er mit dem Finger durch das Loch in meinem Kleid. Wir lachten. Ich fädelte die Nadel ein, ließ das Loch aber.

Ich nähe einen Mantel, meine Hand bewegt sich langsam. Der Mantel ist aus karmesinrotem Karostoff. Ich nähe ihn für den Winter. Die Stiche werden breiter, Heftstiche, der Faden flutscht mir durch die Finger. An der Wange fühlt sich der Stoff weich an. Ich zähle die Stiche. Eigentlich kann ich nicht nähen. Der Mantel flattert an einem Stuhl. Sein Rücken bläht sich im Wind, ich zeige darauf, sage, unser erster Gast.

Ich sitze gerne auf dieser Veranda. Bald wird es kalt werden. Ein rotes Blatt trudelt auf den Tisch herab. Hans brüht uns Tee auf. Ich bin beseelt vom Septemberlicht.

Hans geht mehrmals um den Tisch, gemächlich, setzt sich. Die Fingerspitzen tanzen auf dem Handrücken. Wir greifen beide gleichzeitig nach der Teekanne. Beim Schlucken zieht sich sein Kehlkopf zusammen, das Gesicht wird sanft. Ich schlüpfe in die Mantelärmel, nehme erneut Maß, schneide, verkürze, lasse aus. Schüttle den Kopf. Ich werde diesen Mantel nie tragen, er ist nicht für mich.

Ich kann den Jean-Jacques Rousseau-Park überblicken, die Wege zum Bäcker, zum Gasthaus. Hinter dem Wald. Die Bäume. Schwarze Eiben. Im September wird es schnell dunkel. Ich stehe auf, mir ist das Bein eingeschlafen, ich hinke. Hans macht eine Gaslampe an. Ich hole eine Decke. Zähle an den Fingern die Nachtschwärmer ab. Knochenlose, elfenbeinfarbige Kreaturen.

Ich schlüpfe in den Mantel. Wie ein Schwanz oder ein drittes Bein schleift das Seidenfutter am Boden. Hans meinte, der Mantel passe mir, und knotete mir den Gürtel so eng um die Taille, dass ich nach Luft schnappte. Er streichelte mir über den Rücken, zupfte an den Ärmeln. Ich drehe mich um mich selbst. Dann erlischt die Lampe.

Hans geht ins Haus. Er lehnt sich aus dem Fenster im Obergeschoss, um ihn wabert Zigarettenrauch. Ein Lufthauch trägt den Geruch von Leder und würzigem Kölnischwasser zu mir. Der Geist aus der Flasche, sage ich, heimlich für mich, der Rauch saugt ihn zurück ins Zimmer. Ich versuche, die Lampe zu entzünden, es glimmt und knistert kurz, ich versuche es erneut. Da flammt der Glühstrumpf auf. Ich starre ins Licht. Die Flamme versenkt sich in meinen Augen. Ich bleibe sitzen. Mein Körper wird spürbar steifer. Insekten prallen gegen das Glas der Lampe. Im Obergeschoss: der Schatten von Hans, gedämpftes Licht.

Jetzt gibt es nur noch den kleinen Ring aus Licht um mich, die aufziehende Nacht. Den Gesang der Waldohreule in den Bäumen. Ihre feuergelben Augen durchs Geäst. Im Licht der Lampe werden winzige Details deutlich. Ich spreize die Finger, halte sie vor die Flamme. Dünn, die Haut zwischen den Fingergliedern, gleich Schwimmhäuten oder warmem Wachs, ein unnatürlich oranger Schimmer.

Die Nadel in meiner Hand beginnt zu tanzen. Ich habe die Schreibmaschine seit Tagen nicht angerührt. Ich steche mich. Gibt es noch Dinge, die wir einander verheimlichen? Ich entdeckte in einer Zeitschrift Fotografien von menschlichen Organen. Man hatte sie aus den Toten geschnitten und auf Eis gelegt. Davon habe ich Hans nichts erzählt.

Wenn es draußen zu kalt und dunkel wird, heizen wir im Wohnzimmer den Petroleumofen an. Hans werkelt hinter mir, ich höre ihn summen und vor sich hin brummeln, die Ofenklappe schlägt zu, dann geht er nach oben. Ich bleibe. Ich sitze am Fenster. In meinem Rücken spiegelt sich das Zimmer in der gardinenlosen Scheibe. Ein gedeckter Tisch, zwei Stühle. Das Zimmer im Fenster ist nicht mehr bewohnt. Da im Glas liegt alles weit weg, klingt. Durch einen anderen, dichteren Stoff. Jede Bewegung wird verzögert. Ich sauge meine Wangen ein, eine kleine Warze tritt hervor, die Augenbrauen. Ich versuche nicht zu blinzeln. Die Augen weit offen zu halten. Ich, Unica, geborene Nora Berta Unika Ruth Zürn. Ich bin einundvierzig Jahre alt. Ich wiederhole mich beharrlich wie eine betagte Glocke. Ich esse blaue Trauben und nenne sie Tränen. In diesem Haus bin ich sicher. Hier kann ich die Vergangenheit am ausgestreckten Arm von mir halten. Und dennoch ist sie immer um mich. Wannsee, der See und die Villa meiner Kindheit im Wald. Der See war mein Spiegel, blank und kalt. Sein Wasser löste sich in Licht auf. Die Efeuranken, die sich um die Veranda wanden, schlangen sich um meine Handgelenke. Ich lief in den Wald. Ein Bild schiebt sich vors andere. Zwischen den Ruinen im Westend erinnerte ich mich an einen Satz von H.C. Andersen: Ja, so ein armes Schattenhirn kann eben nicht viel aushalten.

Das Haus füllt sich langsam mit Möbeln. Mit Äpfeln aus dem Garten. Mit sagenhaft knorrigen Zweigen, die wir auf die Tische legen. Hr. Heinrich streift ein und aus. Er frisst die Ratten vom Dachboden. Morgens füttere ich ihn mit in warmer Milch eingebrocktem Zwieback. Lege die Hand auf sein weißes Fell, er schnurrt, macht einen Buckel, windet sich aus meinem Griff. Neben Hrn. Heinrich sind hier nur Hans und ich, und all die Räume, die wir uns wünschen.

Wir haben die Gardinen im Obergeschoss zum Trocknen aufgehängt. Hans hatte die Idee, sie wieder weiß zu waschen, und wir kauften Seife und weichten sie ein. Es zieht. Jede Tür klappert in ihrem eigenen Rhythmus. Die Gardinen werden zu Segeln, weich, schaukelnd. Ich mag, wie sie sich aufblähen, wenn wir die Fenster im Obergeschoss öffnen und Blätter und Wind durchs Haus wirbeln. Wir bewegen uns dann mit einer anderen Geschwindigkeit durch die Räume, betrachten einander wie fremde

Wesen. Ich stelle mir vor, dass sich die Segel füllen, wie das Haus langsam wegtreibt.

Als ich zwanzig war, sah ich in Colmar den Isenheimer Altar. Die drei Wandelbilder waren ein paar Meter voneinander entfernt in der Kapelle aufgestellt. Es war ein heißer Tag, aber in der Kapelle war es kühl. Ich erinnere mich an eine diesig flimmernde Sonne. Meine Mutter hatte mich auf eine Reise mitgenommen, und nach mehreren Stunden Fahrt über staubige Landstraßen waren wir durchgeschwitzt. Ich war allein in der Kapelle. Ich betrachtete die merkwürdige Landschaft. Golgota. Die Felsen und das Dunkel. Die roten Tücher, in die Johannes der Täufer, der Heilige Sebastian und der Heilige Antonius gehüllt sind, durchschneiden in gleichmäßigem Rhythmus die Dunkelheit. Johannes der Täufer weist auf das Kreuz, der gekreuzigte Körper ist mehrfach aufgeplatzt, Dornen durchbohren die Haut, von den Füßen bis zu den verdrehten Fingern. Das Leben rinnt aus den offenen Rissen, Wunden. Ich ging vom ersten zum zweiten Wandelbild. Erblickte eine leuchtende Gloriole, die den Körper zum

Licht trägt, wie zu einem riesenhaft orangefarbenen Planeten. Die Soldaten stürzen zu Boden, geblendet vom Glanz. Christus schwebt mindestens einen Meter über der Erde. Das Grabtuch schlingt sich wie eine Nabelschnur durch die Luft und knüpft den Körper an den Grund. Johannes der Täufer liest aus dem offenen Buch. Er muss wachsen, ich aber geringer werden. Mir wird schwindlig, ich laufe hinaus und übergebe mich. Das war 1936. Wir fuhren zurück nach Hause, quer durch Europa, nach Berlin.

Die Waldohreulen fliegen tief übers Dach. Wir hören den dumpfen Chor, uhu uhu uhu. Durchs Fenster sehe ich sie über den Baumwipfeln kreisen, die riesige Spannweite ihrer Flügel. Ich atme ein, lasse die Luft entströmen, imitiere ihren Gesang. Sie lassen nicht nach, schweben unverwandt durch die Luft.

Im fahlen Dämmerlicht setze ich mich an den Schreibtisch, jeden Morgen, jeden Abend. Von hier aus kann ich die Landstraße sehen, und die zwischen Paris und Senlis hin- und herfahrenden Touristenbusse. Und brennende Herbstfeuer auf den Feldern. Ich kann zum Gasthaus hinübersehen, wo die Wirtin den ganzen Vormittag über am Fenster sitzt, und abends die Gäste beim Tanzen, die Jugendlichen, sie hopsen unter roten Lampen – cha cha cha. À bas! À bas! Hier im Haus sind nur wir beide, Hans und ich. Ich stehe auf und brühe Kaffee. Ab und zu gehe ich in den Garten, sehe durchs Fenster, zu meinem Stuhl. Die leere Luft über dem Tisch, wo Platz für mich ist.

Eine ganze Zeit lang schrieb ich Erzählungen. Schickte sie an Zeitungen und Zeitschriften. Ich zeichnete und schrieb. Aber ich habe lange nicht gearbeitet. Alles fließt aus mir heraus, wie aus einer Flasche. Ich setze mich an den Tisch, ich schreibe nicht mehr. Jetzt erzähle ich den Wänden dieses Hauses, den Bücherregalen, dem Staub auf dem Tisch.

Ich schlage an der Schüssel die Eier auf und rühre das gestern gekaufte Erbsenpüree hinein. Drehe die Pfeffermühle. Ich hole die Tischdecke aus dem Garten und zupfe das Laub ab. Stelle zwei Teller mit Sprüngen auf den Tisch, zwei Gläser. Öl und den kleinen Salzstreuer. Hole die Margarine, sie ist hart geworden, ich schneide dicke Scheiben vom Brot. Wir haben unsere festen Plätze. Ich bringe die Lampe zum Tisch und richte den Lichtkegel auf die zwei leeren Stühle, dann rufe ich nach Hans.

Ich, Unica, lebe hier zusammen mit Hans. Hans kommt herunter, röstet eine Scheibe Brot für mich, beinahe schwarz, bestreicht sie sorgfältig mit Margarine. Die weiße Margarine schmilzt, verläuft sich im Schwarz. Ein durchdringendes Geräusch beim Abschaben des Verkohlten. Hans richtet mit Sorgfalt für mich an. Stellt mir den Teller hin. Fegt Krümel fort. Ein krosses, schwarzes Brot, und mit dem Wissen, dass Hans es geröstet, es bestrichen hat, beiße ich hinein und esse mit großem Genuss. Wenn Hans fertig ist, legt er das Besteck beiseite, schiebt mir seinen Teller zu. Eine Scheibe Brot ist übrig, er hat nur die bucklige Kruste abgeknabbert. Ich bin hungriger als er, lehne mich vor und ziehe den Teller zu mir. Fülle meinen Mund mit dem Brot. Lecke den Teller ab. Säubere das Porzellan bis auf den letzten Krümel.

Hans justiert die Lüftungsklappe am Petroleumofen, rückt den Lampenschirm zurecht, fährt sich durch die Haare, sie sind mittlerweile grau wie treibende Wolken, grau, grau, grau. Ich höre von oben seine Schritte. Hans arbeitet im Dachgeschoss, sitzt auf einem Stuhl, zeichnet, unter einer Lampe in der Ecke, ein Bein über das andere geschlagen. Obwohl es kalt ist und die Feuchtigkeit an Fenstern und Wänden dicke Tropfen bildet, trägt Hans nur Socken, keine Schuhe. Er wacht neben mir auf. Er wiegt mich auf seinem Schoß. Ich wasche ihm die Haare. Wir beide. Untrennbar.

Jemand machte ein Foto von uns, 1953, als wir bei der Vernissage in der Bar Pigalle am Kurfürstendamm zusammenstanden. Ich mit hängenden Armen, Hans mit abgewandtem Blick. Wir sind uns gerade erst begegnet, aber die Distanz zwischen uns ist bereits weniger geworden.

Hans zieht die Jacke an und geht in den Garten. Ich höre seine Schritte auf dem Kies. Er entfernt sich nie weiter vom Haus, als ich vom Fenster aus sehen kann. Und ich meinerseits gehe nur so weit, dass er mich noch sieht. Wir gehen jeder für sich nach draußen, den Weg entlang zum Laden oder durch den Park bis zum Waldrand, wo wir wieder umkehren. Ich kenne noch die kleinste seiner Bewegungen, seine Silhouette, die Wirbelsäule mit der leichten Krümmung. Die Augenlider flattern. Er verharrt reglos unter der Linde. Hans steht im Schatten der Baumkrone, und von da, wo ich jetzt sitze, vom Stuhl am Fenster aus, sehe ich, wie sich ein Rudel Kinder dem Haus nähert, aber Hans sieht sie nicht. Sie tuscheln und linsen herauf, während Hans unter der Linde steht, sie kommen aufs Haus zu, und ihre Münder bewegen sich, als sängen sie, aber was sie singen, kann ich nicht hören, nur das melodiöse Auf und Ab ihrer Stimmen, und sie gucken abwechselnd zu Hans und zum Haus, und dann dreht sich Hans um und geht auf sie zu. Sie machen kehrt und rennen auf dem Weg durch den Park. Laufen in den Wald.

Wir haben, seit wir hier sind, keinen Menschen gesehen, aber jetzt klopft es an der Tür. Dreimal. Die Wirtin vom Gasthaus schräg gegenüber. Ich kenne sie vom Sehen, ihren krummen Schatten hinterm Fenster. Wie sie breitbeinig vorm Eingang des Gasthauses zu unserem Haus herüberspäht. Jetzt steht sie vor mir und hat einen Brief in der Hand. Die andere reicht sie mir zum Gruß, dann streckt sie mit geschlossener Faust den Brief vor. Die Haut an den Fingerknöcheln ist rissig, sie beäugt mich durch Schminke, Lidschatten, und ihre im Sonnenlicht kristallblau funkelnden, blondierten Haare. Ein Brief für die Deutschen, redet sie in der dritten Person über uns, obwohl ich direkt vor ihr stehe. Sie habe uns von ihrem Fenster aus nicht sehen können und deshalb die Nachbarskinder geschickt, um sicherzugehen, dass wir auch zu Hause seien, und jetzt wolle sie uns den Brief persönlich übergeben. Als Vermieterin sei das Haus unter ihrem Namen registriert, und deshalb komme es häufiger vor, dass man bei der Post die Namen verwechsle, wer hier wer sei, habe man bei der Post gesagt, auch wenn man wohl ziemlich leicht erkennen könnte, meint sie und lacht tief, dass dieser Brief für Sie ist. Sie zeigt mir den Umschlag, er ist braun, aus dem Ausland. Frankiert mit einer deutschen Briefmarke, Berlin. Ein einziger Steinhaufen, sagt die Wirtin und schüttelt den Kopf, nach dem Krieg auf den Bildern in der Zeitung, seitenweise, und zuerst habe sie die Bilder überblättert, aber die Gebirge aus Mauerbrocken und Ziegelsteinen hätten sich trotzdem so klar in den Himmel erhoben, dass der Zucker für den Kaffee auf ihrem Teelöffel zu Knochenstaub wurde. Und die Kinder des Nachbarn hätten gerufen, da ist der Deutsche, der Deutsche geht ums Haus, die Deutschen kommen, so ihre Rufe, versteckt euch, duckt euch, und sie habe ihren Kaffee weggekippt und gelacht, der Krieg ist aus, habe sie gesagt, ihr Zinnsoldaten, habe sie gesagt und die Kinder fortgejagt. Die Wirtin macht einen Schritt auf mich zu und wippt mit ihren Sandalen auf der Schwelle der Haustür. Wir könnten uns bei Petit dafür bedanken, hier Mieter zu sein, sagt sie, und sie habe sich seinen Brief aus Paris, in dem er uns vorstellte, mühsam zusammenbuchstabiert, ein originelles Paar, habe er geschrieben, und das habe sie auch sofort sehen können. Und wir seien im August aus der Taxe gestiegen, Hans mit seinen dunklen, buschigen Augenbrauen, immer seien wir leicht versetzt unterwegs, und ich mit dem Pferdeschwanz, einer Seidenschleife und den mädchenhaft kurzgeschnittenen Stirnfransen. Beide in langen Mänteln, trotz des heißen, drückenden Sommers, sagt die Wirtin, und wir seien dagestanden und hätten uns umgesehen, verwirrt, als wüssten wir nicht, wo wir sind, inmitten unserer Koffer, Zeichenmappen und Holzkisten. Ich hätte mir eine Zigarette angezündet und mich auf eine Kiste gesetzt, und die Zigarette sei in meiner Hand heruntergebrannt, und Hans sei ums Haus geschlendert, und in seinem Brief hätte Petit geschrieben, dass wir hier nach Ruhe zum Arbeiten suchten, und er habe die Besprechung von einer Ausstellung beigelegt, aber von Kunst habe sie keine Ahnung.

Unica, habe Petit geschrieben. Hans, habe Petit geschrieben. Sie erinnere sich gut an die Namen. Er ist aus Berlin geflüchtet und sie ist ihm gefolgt, habe Petit geschrieben, aber ihre Kinder hat noch niemand zu Gesicht bekommen. Und ihre Gedichte, habe Petit geschrieben. Und dann sei da ein Wort gewesen, Federmund, und an eine Zeile könne sie sich erinnern, eure Haut ist Gesang, und wer der Liebe folgt, sagt die Wirtin, und die schmerzhaftesten Wunden, sind die, die nicht bluten, und Hans habe am Lavendel gerochen, und ich hätte unter der Fußmatte nach dem Schlüssel gesucht. Und im offenen Fenster sei mein Gesicht aufgetaucht, bleich und neugierig, und dann habe es auf unsere noch immer vor der Tür gestapelten Koffer geregnet, und als der Brief kam, sei sie sofort zu uns herübergeeilt, mit diesem Brief aus der Stadt in Asche und Zuckerstaub, von der sie noch immer träumte und in die sie nie einen Fuß setzen wollte, Berlin.

Ich halte den Umschlag in der Hand, er ist leicht, wiegt fast nichts. Hans' Name steht darauf.

Hans sagt, es werde jemand kommen. Er legt den Brief auf den Tisch. Ich beuge mich über den Mantel und befestige den Kragen am Nackenteil. Wer?, frage ich. Wann? Ein Kunsthändler und seine Frau, Kaufinteressenten, sie wollten ein Werk von ihm kaufen. Sie kämen im Dezember. Den ganzen Weg von Berlin, sagt Hans, um uns in Paris zu besuchen, so stehe es in ihrem Brief, denn sie wüssten ja nicht, dass wir gerade die Wohnung in der Rue Mouffetard verlassen haben. Aber an dem Werk, für das sie sich interessierten, habe er seit Jahren nicht gearbeitet, nicht seit Berlin, und jetzt wisse er nicht, was er ihnen antworten soll. Und er wünschte, der Brief wäre nie gekommen, dass es ihn nicht gäbe, dass es den Kunsthändler und seine Frau nicht gäbe, sagt er. Ich greife um seine Handgelenke, drücke fest zu.

Ich sehe Hans zum ersten Mal in der Bar Pigalle in Berlin. Er legt seine Jacke ab. Ich sehe, wie er sich über die braune Wildlederjacke beugt, das Leder reibt über den Stuhl, seine Hände verschwinden darin, während er etwas sucht, das ich nicht sehen kann. Ich stehe herum, habe ein Glas in der Hand, umklammere den schlanken Stiel, wir sind umringt von Menschen, anschwellenden und abebbenden Stimmen, und ich trete einen Schritt näher. Hans hört mich nicht, sieht mich nicht, die Jacke bewegt sich, und seine Hände verschwinden unter dem Leder, aber er kann nicht finden, wonach er sucht, und dann wird der Ring um uns weiter und aus der Menschenmenge tritt der Galerist, der mich an diesem Abend eingeladen hat. Der Galerist legt Hans eine Hand auf die Schulter und sagt Hans, Unica. Der Galerist schwenkt abwartend sein Glas, und ich sehe auf die Jacke, die jetzt flach über dem Stuhl liegt, und zu Hans, der nichts sagt. Und dann muss uns der Galerist vorstellen und ich, Unica, trete auf Hans zu, Stimmen und Rauch liegen wie lange Schnüre um uns, und ich lasse Hans' Hand nicht los, nicht sofort, denn mir wird erst kalt und dann heiß, und so bleiben wir voreinander stehen. Und der Galerist sagt, Unica, wo soll ich da anfangen. Unica schreibt Geschichten für die Zeitungen dieser Stadt, in einem kleinen Zimmerchen in der Rankestraße. Sie schreibt wie im Fieberwahn, sie hat unzählige Geschichten geschrieben, sagt der Galerist, und jetzt ist sie Dichterin, was für eine Verwandlung, dass ein Mensch seine eigene Verwandlung beherbergen kann. Und ich puste Rauch aus und schwenke mein Glas hin und her, und Hans hat ein Atelier, sagt der Galerist, in dem zeichnet und modelliert er seit einer Weile eine Puppe in Menschengröße. Und der Galerist fragt, hast du die Bilder von der Puppe gesehen? Hans hat die Puppe auseinandergeschnitten und die Teile neu zusammengesetzt, völlig verquer, verdreht, und es ist möglich, einen Körper so zu verwandeln, dass er nicht mehr an einen Menschen erinnert. Hans blickt zu Boden, und ich sehe Hans an, der zu Boden blickt.

Unica kommt aus einer guten Familie, einer Familie mit Verbindungen, sagt der Galerist, if I ruled the night, singt der Galerist, eine Nachtschattenfamilie, eine Hitler-Arschkriecher-Familie, und ich sage, meine Familie ist tot, und ich möchte Hans imponieren, puste ununterbrochen Rauch aus, schicke Rauchkringel gen Himmel und rauche Zigarette um Zigarette, und sehe meine Hand zittern, obwohl ich nichts spüre. Und da ich seit mehreren Tagen mit niemandem mehr gesprochen habe, entgleitet mir das Glas, und ich stelle mich über die Scherben, und Hans geht in die Knie und fegt mit den Händen die Glassplitter zusammen. Ich möchte Hans am liebsten alles erzählen, wie einsam ich bin, wie glücklich, von einem in meinem Kopf herumspukenden, verdorrten Weihnachtsbaum, von Silberlametta und Zuckerstangen, aber in Berlin gibt es zu viel vermodernden Kriegsunrat, Steine über Steine, ich bin ausgehöhlt und leer wie die Stadt, zerstückelt in einzelne Teile, Leisten, Kniescheiben, Hüftgelenkspfannen, ich kann jetzt jemand anders sein, wer auch immer. Mein Bruder war Coca-Cola-Vertreter, meine Mutter ist in einem Flüchtlingslager, meine Mutter schickte einen Brief aus der Schweiz, die Vorsitzende des Komitees der *Frauen für den Wiederaufbau Deutschlands*, Vorsitzende des Komitees für Trümmer und Hurenlügen, mein Bruder kannte alle Slogans, Ice-Cold Sunshine, Pure as Sunlight, Thirst Asks Nothing More, all das möchte ich Hans sagen, und ich höre das Knirschen der Scherben unter meinen Sohlen. Und der Krieg, möchte ich zu Hans sagen, der Krieg ist ein Schorf um die Herzen.

Hans will mir die Bilder von der Puppe zeigen. In einem Buch. Wir kennen uns noch kaum. Wir sind in eine Villa außerhalb Berlins eingeladen. Hans ist der letzte Gast. Er kommt mit leichtem Schritt über den Rasen auf mich zu. Wir gehen ins Haus. Wir müssen nicht sagen, wie glücklich wir über unser Wiedersehen sind. Das Buch liegt auf einem Tisch. Hans lacht und sagt, er habe Angst, was ich beim Anblick der Bilder sagen, was ich dann von ihm denken werde. Ich beuge mich über das Buch und blättere. Betrachte die Puppe, die Variationen der Körperzusammenstellungen. Etwas Vergleichbares habe ich noch nie gesehen. Ich mag, was ich sehe.

Ich sehe einen ausgehöhlten Körper, organlos. Eine gipserne Hülle. Ebenmäßig glatt in der Luft schwebend, umwickelt mit einer Nabelschnur, ein weißes Seidenband zum Treppengeländer, an einer Lederschlinge vom Türrahmen baumelnd. Das Geschlecht haarlos und hellrot, die Brüste der Puppe klein und hart, sie wachsen aus dem Rücken. Arme und Beine können an den wundersamsten Orten entspringen. Die Haut ist ein Clownskostüm, die Haut kann gedehnt und gestreckt und um den Körper gefaltet werden. Und die Puppe verliert ihren Schatten und im Spiegel ihr Bild.

Der Wald ist dunkel, unendlich tief. Die Nacht schwarz vom Bombenrauch. Und an einem Baum lehnen zwei halbnackte Beine. Nur in weißen Socken und schwarzen Schühchen. In den Boden gestemmte Füße, ein Blitzlicht erhellt das Gras. Die Beine wachsen den Baum hinauf, verdoppeln sich, denn aus dem Oberschenkelhals entspringt ein weiterer Schenkel, ein Schienbein und der in die Baumkrone zeigende Fuß. Das Dunkel des Walds ist von chemischen Farben durchleuchtet, von Blau, Gold und Zuckerrosa.

Ich sehe einen gedeckten Tisch mit einem bestickten Tischtuch, zierliche Blumenstickereien aus silbernem Garn, die Teller sind fettverschmiert und voll mit Essensresten. Der Tisch ist verwaist. Die Puppe liegt kopflos auf dem Boden. Vier Beine wachsen in unterschiedliche Richtungen aus dem Kugelbauch des Torsos. Zwei Beine in schwarzen Herrenhosen und schwarzen Schuhen. Zwei Beine sind nackt. Der Tag wirft ein gleichmäßig fahles Licht über die Szenerie.

Hr. Heinrich streicht mir ums Bein, auf dem Herd köchelt die Fleischsuppe. Er springt auf den Stuhl und beobachtet den wackelnden, klappernden Topf, der Deckel bewegt sich wie von Geisterhand, tanzt mit einer heimlichen Macht, einem großen Unterdruck, das Ganze wird in die Luft gehen.

Ich setze mich wieder an den Mantel, falte, dehne, strecke, hefte. Ganz in die Arbeit vertieft bemerke ich Hans' Anwesenheit erst nicht. Er wandert im Zimmer auf und ab. Ich bedeute ihm mit einem Nicken, mir die Schere zu geben, damit ich den Faden vernähen kann. Er umrundet den Stuhl, ich fasse den Saum ein. Ich drehe mich, spanne das Maßband mit ausgebreiteten Armen von Hand zu Hand. Markiere mit Kreide, schneide. Hans tritt hinter mich, löst mein Haarband und streichelt mir über den Hinterkopf, nimmt die Haare zusammen und zieht sie nach oben, ruckweise, sodass sich der Nacken streckt. Ich lache und schlage mit einem Stofffetzen nach ihm. Und er tritt einen Schritt zurück und einen

Schritt vor, und ich bitte ihn, mir die Haare zu flechten, wie er es immer tut, und jedes Mal, wenn er die Haare strammzieht, ruckt es ein wenig im Nacken, läuft eine Bewegung vom Nacken durch die Wirbelsäule, bis zu den Füßen, die über den Boden tanzen, und dann lachen wir.

Der Brief ist auf gelbliches, kariertes Papier geschrieben, unterschrieben von Mr Copley, im Namen beider, Mr und Mrs Copley. Die Briefmarke wurde in Berlin abgestempelt, blau, Deutsche Bundespost Berlin. Geschickt an unsere Pariser Adresse, an die Wohnung in der Rue Mouffetard. Weitergeleitet von Hans' Galeristen Petit, Petits Handschrift darunter: Ermenonville, Oise, Villa les Jumeaux. Geschrieben hat den Brief Mr Copley, er schreibt, sie kämen, um die Puppe zu sehen.

Aber er müsse ihnen antworten, sie könnten nicht kommen, sagt Hans, es gebe keine Puppe. Nur noch ein paar Zeichnungen, Fotografien, in einer Schublade versteckt, und wie vierundzwanzig Jahre vergangen seien, sei ihm fast unbegreiflich, sagt Hans, und wie man doch von einer Arbeit, vielleicht der wichtigsten überhaupt, eingeholt werden könne und sie einem in Form dieses Briefs ihr glattes, hohles Antlitz zeige.

Hans hat ein Atelier in der Ehrenfelsstraße in Berlin. 1933. Das Zimmer ist nicht besonders groß. Mit geweißten Wänden. Über dem Nachttischchen und der Kommode gewebter Baumwollstoff. An der Wand Zeichnungen, eine auf der Straße aufgelesene Fahrradfelge. Er hat eine Hühnerkiste gefunden und schwarz gestrichen. Der Käfig hängt an der Wand, wie ein kleines Museum. Es gibt Bücher, *Tausendundeine Nacht* und das *Dàodéjīng*, ein hebräisches Klappbildchen. Kleine Parfumflakons und ein Kästchen mit verzierten Zuckereiern, getrockneten Seesternchen, Glasmurmeln, Goldpapier.

Ich sitze da, mit dem Brief. Und sehe jetzt Hans. Hans in Berlin. Hans verlässt die Wohnung in der Ehrenfelsstraße, vor vierundzwanzig Jahren, es ist Frühling. Er geht die Straße hinunter. Bereits als er die Tür aufmacht, weiß er, dass ihn die kalte Frühlingsluft krank machen wird, dass er umkehren sollte. Aber nie zuvor war die Sonne so gleißend, das Blattwerk ein baumelndes Gebein. Die Häuser ragen hoch in den Himmel, und es zieht ihn ins Sonnenlicht, auf die Straße. Dieser blaue Himmel, diffus. Er setzt sich ein paar Straßen weiter auf eine sonnige Bank. Lauscht nach den Zügen. Hier in Karlshorst, am Berliner Stadtrand, liegt sein Atelier, und hier rattern an Rummelsburg vorbei die Züge stadteinwärts, Richtung Friedrichstraße, Bahnhof Zoo. Ein Zug kommt. Sein Tempo, die Schienen verlaufen irgendwo ober- oder unterhalb, das gesamte Schienennetz, Gleise laufen ineinander, ein gellender Gesang, fast unerträglich, man schlägt den Takt an, die Achsen, einen Marsch. An diesem Tag übertönen die Lokomotiven alles andere. Der Gesang wird lauter. Und für einen Augenblick weiß er nicht, ob wirklich die Züge singen oder nicht Männer, mit anschwellenden und abebbenden Stimmen, und er hört sie immer weiter, auch wenn die Waggons längst vorübergefahren sind, an seiner Bank in der Frühlingssonne. Es war Wahl, es ist passiert.

Die Nationalsozialisten sind in der Mehrzahl. Und jetzt ist Frühling, denkt Hans, es ist Frühling, es ist kalt und es war Wahl, diese drei Sätze verwachsen wie Fleisch, und jetzt existiert dieser neue Staat, und wenn jetzt dieser neue Staat, denkt Hans, kann den Satz nicht vollenden. Er legt den Kopf in den Nacken, sieht ins Blau, dann wieder zu Boden, starrt auf die Schuhspitze, bis sein Blick in den Rissen des Leders verschwindet.

Hans geht zurück nach Hause. Sein Zimmer ist voll mit Zeug, die Wände übersät mit ausgeschnittenen Bildern. Leere Rahmen. In diesem Chaos beginnt er zu arbeiten. Eine Arbeit des Schlafs. Er arbeitet, ohne zu wissen, was er tut. Sein Mund verschmiert mit Gips. Die Augen geschlossen. Er sucht nach Säge und Hobel. Er biegt und streckt und spannt die dünnen Holzlamellen zu einem hohlen Torso. Über das Holz modelliert er aus Flachsfasern Bauch und Rücken. Zwei geschnitzte Füße, zwei Hände. Die Gelenke sind aus Metall. Arme und Beine werden mit kleinen Gelenkkugeln verbunden. Beklebt mit Leim und Papier. Sorgfältig bemalt er den Gips mit einem kleinen Pinsel, er soll wie Haut aussehen.

Wir sind einander noch nicht begegnet. Ich heiße Ruth. Das Haus im Grunewald, in dem ich lebe, hat zwölf große Zimmer. In der großen Halle brennt ein Kaminfeuer. Draußen, im Wald, liegt das glatte, kühle Silber des Sees.

Ich habe Mitleid mit allen Kreaturen der Welt, winde mir ein weißes Handtuch um die Hüften, und ziehe die Luft ein, bis meine Rippen hervorstehen. In meiner Bibel ist ein Bild von Jesus, der Kreuzigung, und ich empfinde grenzenloses Mitleid. Ich hebe die Arme, damit mein Körper die Kreuzform bildet, stehe ganz still, bis meine Arme blutleer sind. Ich neige den Kopf zur Seite, ich will den Schmerz mit ihm teilen.

Eckbert und Franz aus der Schule kommen mich besuchen. Sie tragen die grünen Samtmützen des Gymnasiums. Wir sitzen auf der Veranda, zwischen den Ranken, im Wald von Efeu. Wir springen von der höchsten Mauer und landen leicht und weich auf Händen und Füßen. Wir sind Indianer. Ich bin der Häuptling. Sie fesseln mich an den Marterpfahl. Das ist es, was ich will. Sie entzünden ein Feuer, es lodert. Sie reißen mich an den Haaren, sie kneifen und boxen mich. Ich zerre an den Knoten, möchte, dass mir die Stricke in die Haut einschneiden. Sie verhöhnen mich. Ich sage kein Wort. In meinem verrußten Kleidchen. Wir rauchen die Friedenspfeife aus drei ausgehöhlten Kastanien. Ich bin eine unbesiegbare Heldin.

Elisa ist meine Freundin. Wir haben das Zimmer verdunkelt. Wir spielen das Drama, das ich erfunden habe. Gekleidet in Seidenschals, wir sind ein königliches Paar. Wir weinen um unseren Sohn, der in einem entfernten Wald liegt, blutüberströmt. Wir zanken. Jede will der verletzte Sohn sein. Elisa ist die Schnellere, sie schüttet eine Flasche mit roter Tinte über ihren Schal und bindet sich ihn um den Kopf. Wirft sich zu Boden, streckt Arme und Beine zu einem X von sich. Stöhnt. Der Sohn liegt im Sterben. Ich bin neiderfüllt. Ich bin eine bessere Schauspielerin.

In diesem Sommer lerne ich schwimmen. In der Badeanstalt. Der Schwimmmeister hält mich an den Füßen fest, umfasst hart meine Knöchel, man hat uns Kindern, Blechtrommeln auf den Rücken gebunden, damit wir uns über Wasser halten können. Der Spiegel im Wald. Der See im Wald, Wannsee.

Obwohl ich viele Namen habe, nimmt meine Mutter nur einen, so heiße ich, so nennt sie mich. Ruth. Jeden Morgen kämme ich die Haare meiner Mutter mit einer Bürste aus Wildschweinborsten, ich zupfe die grauen Strähnen aus. Ich bin Kind und Erwachsene. Wir ziehen vom Haus im Grunewald an den Bayerischen Platz. Die Wohnung dort ist groß und hell. Ich habe das fünfte Zimmer zur Straßenseite, neben meinem Bruder. Hier fließt alles zusammen. Die sieben langen Straßen weisen auf den Platz, zu dem hohen Springbrunnen. Ich bin fast immer allein zu Hause. Ich kann eine Brücke schlagen, mit dem Kopf nach unten, Füße und Hände am Boden, ich kann meinen Körper dehnen, bis es weh tut, alle Sehnen gespannt wie Saiten, mein Bauch ist ein Trommelfell. Ich drehe mich wie ein Kreisel, die Fenster stehen offen, ich tanze durch die Zimmer. Alle Linien treffen sich in mir.

Die Spree fließt ruhig, winterschläfrig durch die Stadt, Hans folgt der Biegung im Treptower Park. Ein Ölhäutchen auf dem Wasser. Er starrt in den Fluss, er hat den ganzen Tag gearbeitet, Hände, Hosenbeine, Schuhe sind weiß vom Gips. Im Wasser sein Spiegelbild. Auch das Gesicht ist weiß. Er wäscht sich die Hände im Fluss, reibt über die Wangen, aber das Weiß verschwindet nicht. Hans hat die Hände in den Schoß gelegt und blickt übers Wasser. Er ist weit gegangen, über Oberschöneweide, Niederschöneweide. Draußen zu sein ist leichter als drinnen, hier zu sitzen leichter als in dem kleinen Raum, in dem er nicht mehr arbeiten kann. Er hat es mehrere Tage in Folge versucht, bringt nichts zustande, und deshalb geht er zum Laden, um Milch zu holen, läuft mit der Milchflasche in der Hand vor seinem Atelier auf und ab. Er dreht auf dem Absatz um, geht hinunter zur Spree. Legt die weißen Hände in den Schoß. Trinkt die Milch. Sitzt da, bis es dunkel wird.

Ich habe das Gymnasium verlassen, um in der Werbeabteilung der UFA Filmstudios zu arbeiten. In den Pausen spaziere ich durch die Kulissen. Ich gehe durch das Tonfilmstudio, Tonkreuz. Zwischen den schallisolierten Wänden ist es völlig still. Ich bin gerne hier. Ein kreuzförmiges Gebäude aus vier gemauerten Hallen. Kein Tageslicht und kein Geräusch dringt in den Bau oder in die weißen unterirdischen Gänge, die sich unter uns schlängeln wie verkalkte Tränenkanäle.

Ich bin Lehrling im Trickfilmatelier. Wir errichten eine Landschaft, bauen ein Haus. Und ins Haus einen Tisch. Es ist Winter. Die Landschaft ist mit Baumwollwatte gestopft. Als Schnee riesle ich Salz und Zucker und Marmorstaub über die Bäume und das Haus. Und der Tisch im Haus deckt sich von selbst, mit Geschirr und Messern und Gabeln. Die Messer und Gabeln schlängeln sich über den Tisch, suchen ihre Plätze. Ich sause zwischen Kameras und Haus hin und her, verschiebe die Gegenstände einen Hauch, ändere die Positionen Zentimeter um Zentimeter. Jede Platzierung wird abgelichtet. Für zwei Minuten Film brauchen wir dreitausend Bilder.

Ich zünde eine Zigarette an, taste in dem verdunkelten Schneideraum nach Streichhölzern. Es ist heiß. Der Assistent setzt die Rolle auf die Spule, der Projektor wird angeworfen. Ich sitze da und warte ab, in dem groben, braunen, viel zu großen Kittel, der eher einem Mann passt. Reiße die Augen auf. Auf der Leinwand schnappen gekörnte Gestalten lautlos nach Luft. Wenn der Assistent nickt, lasse ich einen Papierstreifen sich mit dem Filmstreifen um die Rolle drehen. Ich arbeite mit höchster Präzision. Die Bilder werden von der Lampe durchleuchtet. Retuschierte Gesichter. Vergrößerte Körper, Zeitlupenbewegungen, wenn wir den Film in halbem Tempo ablaufen lassen. Anschließend drücke ich die Rolle von der Spule, schneide mit einer scharfen Schere die Bänder auseinander und klebe die Streifen wieder zusammen. Der Projektor wird ausgemacht und angeworfen. Ich steige durchs Licht nach oben.

Ich schwitze riesige Flecken durch den braunen, groben Stoff. Das Licht zeichnet Kreise um mich, ich bin im Zentrum, dirigiere. Wir sitzen hier neun Stunden, bis zum Feierabend, bis ich ins Licht der August-Bebel-Straße trete. Die Sonne ist gleißend. Ich werde fast ohnmächtig.

In dem Zimmer in der Ehrenfelsstraße liegt alles verstreut. Kleine Teile aus Gips, flexible Metallstangen, die mit Holzkügelchen zusammengehalten werden. Hans hat die biegsamen Gelenke so konstruiert, dass man den Körper bewegen kann. Er wirft zerrissene Taschentücher in einen Eimer, verknetet es mit starkem stinkigem Leim, vermischt den Gips mit lauwarmem Wasser, wieder und wieder. Erst legt er den gegipsten Arm, dann die Hand auf den Boden. Er steht am Fenster und sieht Waggons voll Braunkohle Richtung Ostkreuz rollen. Starrt durch die verdreckte Scheibe. In der Tiefe dieses schmierigen Schmutzes liegt sein Gesicht, an dem er vorbeisieht, den Blick auf die Züge gerichtet. Er dreht sich um. Ständig unterbrochen, abgelenkt. Er steht stundenlang da und vergisst, dass der Gips gerinnt. Weiß auf den Boden tropft. Er beginnt, das Gesicht zu modellieren.

Es wird dunkel, und ich werde dazu aufgefordert, mich schlafen zu legen. Auf Befehl meiner Mutter. Aber in mir brennt es. Ich renne durch die Zimmer und rutsche langsam das Treppengeländer hinunter. Ich durchwühle die Schubladen nach länglichen, spitzen Gegenständen und schiebe sie zwischen meine Beine, ein Lineal, den Stiel einer Bürste, eine kalte glatte Schere, bis es unerträglich weh tut.

Ich steige am Bahnhof Babelsberg aus, trotte hinter den anderen im Gänsemarsch über den Gehsteig, schlüpfe in den braunen Kittel. Eines Tages versetzt man mich vom Schnittraum ins Archiv, ohne Vorwarnung. Alles geschieht in rasendem Tempo und zugleich unmerklich, einige Abteilungen wachsen, andere werden geschlossen. Zwischen den Regalen des Archivs verrichte ich meine Arbeit. Die Leitern kann man auf Schienen vor- und zurückschieben. Ich erklimme die deckenhohen Regale und mir wird schwindlig. Die Filmstreifen werden aufgerollt, ich beschrifte die schmalen, grünen Pappkartons mit Archivnummer und Jahreszahl, 1937, 1938, 1939.

Im Speisesaal mit den riesigen, blitzblanken Fenstern und den langen Tischreihen trage ich die dampfende Suppe zu meinem Platz, zu den anderen, die in dem grellen Licht sitzen. Ich kneife die Augen zusammen. Körper um Tische versammelt, der lichtdurchflutete Saal, die

Knochengerüste der Essenden, ihre gelblichen Gesichter, wir sitzen in Reih und Glied, in Ketten, führen die Löffel zum Mund. Die neben mir, auch sie im braunen Kittel, summt ein Lied, das habe sie in den Fluren gehört, durch die Lüftungsgitter, sie sei stehengeblieben, habe nicht mehr weitergewollt. Sie habe noch nie ein schöneres Lied gehört. Ich ziehe den Kittel aus. Verfolgt vom Summen des Mädchens. Auf dem Weg nach Hause lese ich, während der Zug an Wannsee vorbeirauscht, in den Schatten der Bäume. Stimmen, Stimmen. Höre, mein Herz, wie sonst nur Heilige hörten.

Hans legt die Teile auf einem Teppich aus und fotografiert sie. Sie ergeben ein Ganzes, obwohl jeder Teil für sich ist. Eine Hand, halb geschlossen. Darüber der Torso, hohl und ebenmäßig. Ein Holzstab steckt quer durch den Brustkorb. Die runde Öffnung, wo der Hals wäre, zwei runde Löcher für die Beine. Der Fuß, dessen Knöchel eine Metallstange ist. Ein dreigeteiltes Bein. Das Gesicht ist ausgehöhlt wie eine Schale. Die Perücke windet sich um die Glieder. Er macht mehrere Bilder, hüllt die Körperteile auf dem Bett in schwarzen Tüll. Als schliefe die Puppe und blickte aus ihren leeren Augenhöhlen in sich selbst hinein.

Ich sinke in den Sitz, ins Veloursdunkel, ich sitze in der vordersten Reihe des Kinos am Bahnhof Zoo. Auf der Leinwand die angespannten muskulösen Körper, glänzend von Öl. Theaterrauch, Nebel. Darüber schwebt die Sonne, hitzig und klein. Trompeten verkünden den Titel des Films, Olympia. Zwischen den Ruinen ruhen die Statuen in zufriedenem Schönheitsschlaf, und die Kamera zoomt in ein Gesicht, die weißen Augäpfel wenden sich zur Kameralinse. Und da erwachen sie langsam, der Diskuswerfer und der Kugelstoßer, Männerkörper und Frauenkörper wiegen sich, drehen Reifen und Speere in den Händen, denn es sind Olympische Spiele in Berlin, und die Trompeten verhallen, und der Film ist der Jugend gewidmet, der Jugend der Welt. Die Haut glänzt von Potenz, Bienenwachs und Schweiß, ein süßlicher Geruch nach Fleisch und dann Rauchschwaden und vernebelte Scheinwerfer und ein Schnitt auf gepuderte Männergesichter, zum olympischen Feuer, ein Läufer trägt die Fackel durch Bulgarien, dann Jugoslawien, Ungarn, und alles brennt, und der Fackelläufer bewegt sich schneller und schneller, quer durch Europa, nach Berlin.

Ich verlasse den Tisch, und von der Straße höre ich Stimmen, sehe das Rudel Nachbarskinder beim Spielen. Sie häufen Steine aufeinander. Die Steine sind groß und grau, so groß, dass die Kinder sie kaum anheben können. Matt, wie in Mehl gewälzt. Die Kinder rollen sie den Weg entlang. Linsen zum Haus herüber. Sie überqueren die Straße und kommen lachend und schwatzend in meine Richtung. Ich befestige das Fenster mit den Haspen, schließe die Läden. Wir hören das Lachen der Kinder, das Knirschen ihrer Sohlen auf dem Kies, und Hans steht auf und stellt sich hinter mich. Ich drehe mich um und trete einen Schritt auf ihn zu, und er tritt einen Schritt auf mich zu, und ich presse meinen Körper gegen seinen, so fest, dass ich die Rippen in seinem Brustkorb spüre, er muss einen Schritt zurückweichen, und ich mache einen auf ihn zu, und so stehen wir zusammen mitten im Wohnzimmer.

Meine Mutter ist zu einem Geburtstag im Schloss. Der beste Freund meines Stiefvaters wird sechzig. Das Schloss liegt an der Spree, der Fluss spiegelt die weißen Mauern. Wie eine Fata Morgana, drinnen funkeln die Kronleuchter. Draußen brennen die Fenster. Im Park vor dem Schloss ist Herbst. Die Bäume sind schwarze Tuschestriche. Die Vögel scharen sich. Mutter ist mit meinem Stiefvater den ganzen Tag dort, wechselt Blicke, Worte mit den Diplomaten. Es gibt hübsche Tischreden, ihr hohes, helles Lachen schallt durch Festsäle, Heini ist immer an ihrer Seite. Und ansonsten ist sie in Eile, sie hastet von einem Ort zum nächsten, schüttelt in der Reichskanzlei Hitlers Hand. Das Fieber des Kriegs. All die Feste im Hotel Adlon, im Esplanade, in der Oper in Charlottenburg.

Ich rufe meine Mutter an. Ich erzähle ihr, dass ich mich verlobt habe. Erich ist Kaufmann, ich bin halb so alt wie er. Erich bürstet jeden Morgen seinen Bart und verspeist im Flanellpyjama ein mit Zucker verquirltes Eigelb. Ich glaube, ich bin verliebt. Alle sagen, es sei eine harmonische Feier gewesen, eine schöne Hochzeit. Erichs Mutter und seine zwei Schwestern waren anwesend, und sein Schwager, ein Oberst, der sang und mit seinen hohen Lederstiefeln im Takt stampfte, aus Stalingrad auf Heimaturlaub. Wir ziehen in unsere neue Wohnung, am Hohenzollerndamm, und ich bin sehr damit beschäftigt, alles einzurichten. Mutter und Heini schicken einen Begonienkorb und Sekt, und wir rufen gleich an, um uns zu bedanken, erhitzt von Heiterkeit und Glück.

Ich erneuere meinen Pass. Ruth Laupenmühlen. Größe: mittelgroß. Gesicht: oval. Augenfarbe: braun. Haarfarbe: mittelblond. Besondere Merkmale: keine.

Jedes Mal, wenn die Puppe ganz ist, zerteilt Hans den Körper. Seine Form ist nicht einzigartig, ist ständig im Wandel. Hans demontiert, zerstört. Er wird nicht müde, die Glieder zu arrangieren und den Fotoapparat aufzustellen. Er legt die Beine nebeneinander, bindet sie mit weißem Spitzenstoff zusammen und dekoriert sie mit einer Kunstrose, und beim Fotografieren denkt er an die Sonntagnachmittage seiner Kindheit, die weiße Hand des Zauberers, er denkt an kleine Zedernkästchen, beinahe schwarze, an Damenhüte gesteckte Tulpen, Dropsträume, Korsettträume, weiße Seidenstrumpfträume, Milchzähne, Rosencreme, spargelsüß riechenden Samen, rostige Nadeln, Blut und Staub, Goldglanz, rotgesäugte Haut, gezuckerte Haut, milchweiße Haut, Konfekthaut.

Wenn ich das blanke Blatt vors Gesicht hebe, zeichnen sich die Schatten der Touristenbusse auf dem Weg von Paris nach Senlis ab. Es ist Abend, und ich habe nichts zu verzeichnen als die Unruhe meines Herzens, die zunimmt.

Mein Bruder hält sich in den weißen Wäldern Russlands versteckt, nahe der weißrussischen Grenze bei Witebsk. Er sieht vom Boden hoch in die Bäume. Die Wipfel schwanken. Die Stämme ragen wunderlich weit empor. Der Himmel ist weiß. Die Rinde feucht, fast violett. Die russischen Soldaten sieht er nicht. Sie haben sich getarnt. Sie hocken zwischen den Zweigen. Mit Helmen und Uniformen weiß wie der Schnee. Ihre Stimmen sind auch weiß. Aber ihre Augenlider sind rußig. Horst robbt über den Boden, dann steht er auf.

Heute sitze ich am Fenster, bald ist Winter. Die Luft ist geschwängert von Petroleumdunst. Feuchtigkeit sammelt sich in Tropfen, trieft von der Decke. Der Nebel dämpft die Geräusche. Und während es dunkel wird, tue ich so, als sähe ich zum Weg und zum Wald, als säße ich da wie sonst auch, im Licht der Dämmerung, mit den Händen im Schoß, ohne das Licht anzumachen. Aber ich sehe nicht mehr den Park oder das Wirtshaus oder das Novemberwaldgerippe. Ich sehe Berlin. Die Flugzeuge am Himmel, ich sehe den Sonnenuntergang, bombengelb, und die Flugzeuge wie in einem Film, der in der Zukunft spielt, große sonderbare Holzkonstruktionen, Riesenvögel. Die britischen und amerikanischen Flieger. Sie nähern sich der Stadt.

Ich sehe Hans in Berlin. Hans läuft die Ehrenfelsstraße auf und ab. Er bleibt stehen und blickt hinauf zu seiner Wohnung. Und erwidert nicht jemand von dort seinen Blick? Die Straßen sind still. Die ganze Stadt wartet. Ein einziges

Zurückhalten. Aber er weiß, dass es nicht sein kann, in der Wohnung ist niemand, nur die Puppe in seinem Atelier, die Puppe auf dem Bett, und er steigt die Treppen hoch, er muss sich jetzt beeilen, er schließt die Wohnung auf, packt seine Sachen, was er tragen kann. Er steht im Türrahmen und betrachtet von da die Puppe, ein ungemachtes Bett, die Perücke, das dunkle übers Laken fließende Haar, das zur Wand gewendete Gesicht. Er löscht das Licht und macht es wieder an. Er lässt das Licht brennen und richtet den Lichtkegel auf die Puppe, und erst als er ein ganzes Stück die Straße hinuntergegangen ist, wagt er den Blick zurück. Das Fenster gleicht einem gelben Auge, alles, was er in der Wohnung zurückgelassen hat, erleuchtet die Straße. Er wirft im Gehen die Schlüssel weg, er ist unterwegs zum Bahnhof, Freunde haben ihm zur Flucht nach Paris verholfen. Mit seiner Arbeit, mit der Puppe in der Wohnung, ist es für ihn zu gefährlich, in dieser Stadt, in diesem Land zu bleiben.

Am Bahnhof spaziert er zwischen den Bahnsteigen umher, hin und her, und jetzt muss er sich beeilen, aber er geht langsam, wird immer langsamer, je mehr er sich beeilen muss, und dann der Pfiff, seine letzte Chance, nur ein Augenblick, und die Waggons setzen sich in Bewegung, und er findet die Stadt schön, die Häuser und das Glitzern der Spree, die rauchfarbene Luft und den heute funkelnd durch die Stadt treibenden Fluss, in dem sich die Häuser spiegeln, und er hört, wie sich die Türen schließen, und jemand nimmt ihm sein Gepäck ab, er sitzt im Abteil am Fenster, die Achsen ruckeln und alles fließt ineinander, der Himmel und die Erde, die Körper, die Rufe, Hans lehnt sich zurück, schließt die Augen. Es ist für ihn unerträglich, er will nicht sehen, wie die Stadt verschwindet.

Neujahrstag in Berlin, ich sitze neben Erich an dem blanken Tisch. Mit angeschwollenem Bauch, ich erwarte mein erstes Kind. Ich wirble herum, kreisle um den Tisch, ziehe die Verdunklungsgardinen herunter, obwohl die Wintersonne strahlt. In der Verdunklungsdämmerung decke ich vier Gläser für uns. Das Tischtuch verrutscht. Ich zähle nach: vier Gläser, vier Teller, Messer, Gabeln. Erich klopft seine Pfeife aus, steht am Spalt zwischen Gardine und Fenster. Trommelt mit den Fingern. Jetzt scheint das Trommeln anzuschwellen, von außen zu kommen, von oben. Ein ins Zimmer drängendes Dröhnen. Die Flugzeuge. Es klopft an die Tür. Mutter und mein Stiefvater sind gekommen, sie sitzen uns gegenüber. Auf dem Tisch steht eine Vase mit weißen Orchideen. Die Blumenköpfe neigen sich uns zu. Seht euch die Blumen an, sagt meine Mutter, in so einem Winter Blumen zu haben. Heini wurde befördert, vom SS-Oberführer zum Unterstaatssekretär. Es ist 1943, die Orchideen sind das Neujahrsgeschenk.

Mein Bruder schickt mir Briefe, aber von einem zum nächsten vergeht immer mehr Zeit, und schließlich ist es still.

Dann kommt ein Brief.

Das Haus ist bis zum dritten Stock heruntergebrannt. Alle Stockwerke oberhalb sind fort, nur die Außenwände stehen noch. Die Fensterrahmen sind leer. Der Wind pfeift einsam durchs Haus. Meine Mutter kommt mit Brotkarten und Milchpulver, sie bringt Hefe und eingelegte Birnen, Feigenkonserven, ein ganzes Pfund Speck. Sie fegt die Asche weg.

Ich begleite Erich, um das Feuer am Dach nebenan zu löschen. Das Feuer brennt auf meinem Gesicht. Erich wirft mir vor, ich dächte nicht an das Kind, das bald kommt. Ich fege in unserer Wohnung die Asche weg. Lege mich ins Bett, in die stockfleckigen Kissen, stehe auf und gehe auf die Straße hinunter. Werde von rempelnden Frauen in die Reihe geschubst. Die Schlange schlängelt sich durch die Ruinen, durch die Häuser. Die Zimmer in den Häusern sind groß und verrußt. Wir stecken die Hände durch die zackigen Zähne der Fensterrahmen. Schlagen nach den Ratten, wenn sie die Köpfchen herausrecken. Kälte strahlt von den einstürzenden Fundamenten, nichts steht mehr von selbst. Dunst umhüllt die Frauenkörper. Die Finger sind steif. Die Finger kramen in Beuteln und Jackentaschen nach Lebensmittelkarten. Zählen. Sortieren. Der Atem rast. Die Frau vor mir verlässt immer wieder seitlich die Schlange, mit abgespreizten Ellbogen. Sie hat geflochtene Haare, goldene Haarsträhnen durchziehen das Grau. Doch dann dreht sie sich um, sie ist jung. Nicht älter als ich. Ihre Haut riecht streng nach Rauch. Aus der Tiefe ihres Leibs steigt ein Murmeln, ein Summen, und wiegt den Körper. Ein Gesang, der nicht der Kehle entspringt. Sie streckt die Arme nach mir aus. Sie streicht mir übers Haar. Sie legt die Hände an mein Gesicht.

Die Wehen dauern dreizehn Stunden. Die Haut reißt bis zum Anus, die Laken aus Gummi sind blutverschmiert. Die Hebamme gibt mir keine Betäubung, ich sei zu schwach. Ich gebäre eine Tochter. Im letzten Kriegswinter gebäre ich einen

Sohn. Man bricht die Beschläge an den Särgen der Toten auf, vergräbt die Leichen in Plastiksäcken, um die Särge als Brenngut zu verwenden.

Am Tag vor Heiligabend packt meine Mutter zwei Handkoffer. Sie flieht, mit einem Koffer in jeder Hand, durch die zusammenstürzenden Häuser. Sie sucht nach einem Bunker. Brandbomben fallen. Phosphor erleuchtet die Nacht. Im Tiergarten dann völlige Stille. Der Tiergarten ist dunkel. Die Bäume wehen. Sie läuft im Kreis. Jedes Mal, wenn sie sich umdreht, sieht sie nur dunkle Bäume.

Ich träume von meinem Bruder. Er liegt im Grab auf dem Rücken, mit dem Stahlhelm auf dem Kopf. Er öffnet die Augen. Seine Augen sind blau, die Arme bewegen sich mechanisch.

Hans nimmt die Hand der Puppe und bewegt sie zu einem Glas Wasser, und die Bewegung fesselt ihn. Er wird nicht müde, sie zu wiederholen, und er sieht seine Hand und zugleich daneben die aus Gips und Pappmaché modellierte Puppenhand, und bald kann er keinen Unterschied mehr ausmachen, es ist ein und dieselbe Hand, die über den Tisch zum Glas geführt wird, deren Fingerspitzen den Rand des Glases mit einem Klirren berühren.

Heute trinkt Hr. Heinrich nichts von der Milch. Er hat die Schale umgestoßen, ich trete in den cremefarbenen Fleck. Er versteckt sich. Ich gehe durch den Jean-Jacques Rousseau-Park zum Laden, hole Brot, Milch, Blutwurst, Eier. Ein Stück Seife. Ein Pfund Mehl. Vor dem Gasthaus entgleitet mir das Mehlpaket, platzt auf. Ich stehe inmitten der weißen Mehlwolke, da geht die Gasthaustür auf und die Wirtin kommt heraus. Sie bürstet mir den Rücken ab, sie pustet und pustet. Weil wir abends die Gardinen nicht schließen würden, könne sie uns sehen, wie ich am Fenster säße, sagt sie, mein Gesicht, sie sage es jetzt ganz unverblümt, dass sie beim Vorbeigehen in der Dunkelheit stehenbleiben müsse. Oben sitze Hans, und mich sehe sie unten mit dem Rücken zum Fenster am Ofen Eiweiß und Zucker schaumig schlagen. Ich würde mich an den Schreibtisch setzen, das Kinn in die Hand stützen, und im Licht der Schreibtischlampe könne sie mein Gesicht gut sehen, die hohen Wangenknochen, die zu den Augenbrauen reichenden Stirnfransen, und wie ich fast reglos am Fenster säße, wie wir jeder für sich in unseren Stockwerken hockten, Hans über mir, mit gebeugtem Nacken unter einer Lampe. Woran wir denken würden, wisse sie nicht, aber apropos Berlin, sie habe die Namen von dort auswendig gelernt, in der Regel wähle sie die schönsten, Klopstockstraße, Marienburger Straße, Charlottenburger Chaussee. Und in der kleinen unter ihrem Nachttischchen versteckten Pappschachtel bewahre sie alle Orte der Welt auf. Aus Zeitungen ausgeschnittene Fotografien und Bilder, erhaltene Postkarten von Städten, Landschaften, den Ruinen in Tipasa an der Algerischen Küste mit Absinth und Bärenklau, Atlaskasten nenne sie diese Schachtel, und sie werde mitten in der Nacht wach und schaue hinein, und dann habe sie das Gefühl, dass alle Winde der Welt pusteten. Sie stehe in der Dunkelheit vor unserem Haus und sehe mich den Ofen öffnen und die weiße Eimasse backen, ein knusprig-goldenes Meringe-Dessert, das auf dem Tisch steht und zusammenfällt, Luft verliert. Sie sei niemals in Berlin gewesen, habe aber diese Bilder, und ich säße am Fenster und Hans oben, wir säßen direkt übereinander, quasi jeder in seiner Welt. Sie hätte ihre Probleme beim Zeitungslesen, weil ihr die Buchstaben vor den Augen verschwimmen würden, sonst sehe sie eigentlich ganz gut, nur werde ihr von diesen ganzen Orten auf der Welt schwindelig. Sie könne sehen, wie Hans herunterkommt, und er mache das Licht an und halte meine Hand, striche mir übers Haar, und ich über seines, und wir kämen uns immer näher, unsere Gesichter ganz nah zusammen, und sie wisse, dass sie gehen müsste, aber sie sage es jetzt ganz unverblümt, je dunkler es werde, desto klarer könne sie sehen, und Hans küsse mich, sagt sie, und wir küssten uns, und das sei das letzte, was sie sehe, dass wir einander umarmten und so innig küssten, dass unsere Gesichter beinahe verschwanden.

Ich sehe die neue Stadt, die aus der alten erwächst. Aus den Ruinen. Beinprothesen in einem Haufen von abgewetzten Lederschlaufen, Korsetten, einzelnen Armen, mit Läusemehl gepuderte Perücken, Glasaugen, in Blau, Grün, Grau.

Ich suche mir meine eigenen Wege durch Berlin. Die Berge in Berlin. Die mehrere Stockwerke in den Himmel ragenden Steinhaufen bilden Schächte, durch die ich gehe. Der Schnee fällt leise auf die Stadt, auf die Steine. Die Häuser stehen offen, entblößt. Ganze Wände niedergerissen. Ich kann in die Wohnzimmer blicken. Niemand zu Hause. Ein Stuhl. Ein Tisch. Rabenschwarze zertrampelte Kleidung. Schneeblumen am Jasminzweig, ich sehe Rußreste, zerbrochenes Glas, im Winter blühende Bäume in einer Reihe. Einen Autoreifen, es riecht nach verbranntem Gummi. Menschenreste. Menschenabfall. Rattenfett. Ich habe die Kinder gebadet und ihnen Essen gegeben, Erichs Mutter passt auf sie auf, und ich gehe durch die Stadt. Ein Wispern bewegt sich durch die Straßen. Der Glaswind. Wege und Straßen zwischen den Steinen hindurchgegraben, neue, mir unbekannte Straßen, und dann öffnet sich der Blick, und ich sehe den Potsdamer Platz und sehe den Matthäikirchplatz, und der Tiergarten ist ein großer, zerschlissener Teppich, und nichts ist mehr übrig, und ich gehe durch meine Stadt, Berlin, und dann schneit es. Ganz leise fällt der Umhang aus Schnee, flatternd, legt sich weich auf die Stadt, und hinter den Steinen spielen die Kinder und rufen nach mir, und ich drehe mich um und sage, ja, jetzt komme ich.

Der Krieg endet. Der Krieg beginnt. Erich ist einer anderen begegnet. Ich entdecke es, als er telefoniert, sehe ihn durch den Türspalt mit dem Rücken zu mir eng an der Wand stehen und vorsichtig in den Hörer flüstern. Speicheltröpfchen perlen ihm auf den Lippen. Sein Schatten wächst und füllt langsam den Raum. Ich lausche im Haus nach dem Lachen der Kinder. Nun harre ich im matten Schein einer untergehenden Sonne. Ich lese einen Brief an Erich, von seiner Sekretärin. Zerfetze das Papier mit den Zähnen in winzige Schnipsel. Jetzt bin ich ganz allein. Ich sitze in der Wohnung, als die Möbel hinausgetragen werden, als man die Tischdecken zusammenfaltet, Musselin und Häkeldeckchen, den kristallenen Kronleuchter herablässt, Karaffen, Krüge und Kannen, leere Schränke einhüllt und damit verschwindet. Erich hat die Kinder mitgenommen. Ich gehe durch die leeren Zimmer, knicke den zurückgebliebenen Blumen die Köpfchen.

Ich beziehe ein Zimmer in der Rankestraße. Ich habe noch nie allein gewohnt, ich bedecke Boden und Wände mit orientalischen Teppichen. Fülle meine Handtasche mit Brot vom Vortag und Schächtelchen mit Pastillen. Ich hole Kohle aus dem Keller, hinterlasse allerorten Kohlespuren, entzünde chinesische Räucherstäbchen, bis ich vor lauter Qualm meine Hände nicht mehr sehe. Liege flach im Bett und starre an die Decke. Von meinem Bett aus erspähe ich einen Zipfel des Winterhimmels, den klaren Frühlingshimmel, den trägen Glitzerhimmel des Sommers. Und wenn ich mich aus dem Fenster lehne, sind da die Baustellen, die vorbeiholpernden Trambahnen, und Dunst, Geschrei und Kohlgeruch aus den Suppenküchen in der Tauentzienstraße. Und das rote Reklamelicht auf der anderen Straßenseite dreht sich langsam wie ein Leuchtfeuer.

Ich nehme meinen alten Familiennamen wieder an. Und den Vornamen, den meine Mutter nie verwendet hatte: Unika. Ersetze das k durch ein c. Unica Zürn. C wie in Uncas, dem jungen Häuptling aus *Der letzter Mohikaner*. Ich mag meinen neuen Namen, er ist nicht von meiner Mutter, nicht der meines Manns, nicht der meiner Kinder. Ich gehöre zu niemandem.

Ich gehe in den Keller unter der Femina-Bar in der Nürnberger Straße. Die Bar ist im Krieg ausgebrannt. Der Keller ist völlig leer. Ich treffe meine neuen Freunde. Alexander ist ehemaliger Zirkusartist, Johannes ein Dichter, und Theo spielt Klavier, Ute ist Souffleuse und Lo tanzt alles Mögliche, Narrentänze, Traumtänze. Und die Wände im Keller unter der Bar streichen wir dunkelrot, die Bühne tiefschwarz, und wir besorgen beim Altwarenhändler alte Sofas, gestickte Sinnsprüche: Keine Rosen ohne Dornen, die Kürze des Lebens und die Gewissheit des Todes. Wir formen Pferdeköpfe aus Pappmaché, Seidenschmetterlinge mit der Spannweite unserer ausgebreiteten Arme. Donner, Trommelwirbel. Alles zusammen ergibt ein Kabarett, *Die Badewanne*. Jeden Samstag zeigen wir neun Nummern. Das Lokal ist proppenvoll. Ich bin jetzt Teil von etwas. Stehe auf der Bühne, schlüpfe von einer Rolle in eine andere. Ich studiere jede Bewegung meiner Pantomime ein, drehe mich lange langsam im Kreis. Ich bin ganz leicht, ich schwebe durch die Luft, knapp über dem Bühnenboden, kann meine Arme und Beine lang strecken, bis sie weich und dünn sind, und in meiner Vorstellung wachsen die Arme über die Bühnenkante und ich streiche vorsichtig mit den Händen über die Köpfe der Zuschauer.

Meine Mitstreiter rufen von den Sitzreihen zu mir hoch, Bauch einziehen, Atem anhalten. Ich flüstere vor mich hin, wieder und wieder, nicht stürzen, nicht krümmen, aufrecht, schleif den Fuß über die Bühne, gerader Blick vorwärts, Blick nach unten, Zehenspitzen, Mäuseschrittchen. Die Bühne badet in goldenem Scheinwerferlicht. Elektrisches Licht durchströmt mich. Ich bin der Einsame, der sich am Abend nicht entschließen kann auszugehen. Auf der hellen Bühne ein zerwühltes Bett und ein Mann. Langsam und zögernd zieht er die schwarzen, zerknitterten Kleider an. Er steht auf und legt sich wieder hin, steht auf und legt sich ins Bett. Wird geblendet vom Schweinwerfer. Unter Lachen und Weinen des Publikums lege ich mich ins Bett.

Und wir sind arm, zotig und hungrig, und wir haben nie genug Geld, wir kriechen wegen einer Münze für die Tram über den Boden, wir erbetteln uns eine Mahlzeit, einen Kaffee, einen Schnaps, ein Lied. Wir bekleckern uns mit Tee, verschwenden Zeit auf der Suche nach Requisiten und Kulissen, Odysseus' Ruder, ein schwarzes Trikot, ein Seidenkleid, Sterne aus Silberfolie für unseren Himmel, und wir kriegen nicht genug vom Publikum und von unserem Erfolg, von Pailletten und rosa Flugblättern, und vom abwechselnd gelb, grün, weiß flackernden Bühnenlicht.

Berlin ist eine alte neue Stadt, hier kann ich sein, wer ich will. Ich kaufe neues Make-up und schminke mich. Kaufe glitzernden Lidschatten, Lippenstift und violetten Nagellack, spaziere durch die Spiegelsäle des Kaufhauses, ignoriere die nickenden Verkäuferinnen. Durchwühle die Stative und posiere mit Anzugjacken in allen Farben. Ich bin völlig leer, Asche und Sirenen wehen durch mich. Im Anproberaum liebkost mich die Föhnwärme.

Ich stelle meine Schreibmaschine auf den Küchentisch in der Rankestraße, öffne das Fenster und lege die Hände in den Schoß. Die Gardinen sind zugezogen, der in Wellen liegende Stoff filtert das von der Straße dringende Licht. Die Gardinenfalten erzeugen ein gleichmäßiges Spiel von flaschengrünen Schatten und blendendem Licht. Ich bleibe sicher geborgen dahinter. Auf dem Schreibtisch ist alles, was ich brauche: Filterzigaretten, eine Brille für Weitsichtigkeit, Füllfederhalter mit schwarzer Tinte. Ich schreibe: Clown Pipolo sitzt vorm Spiegel und schminkt sich die Maske für den Abend.

Mit meinem Schreiben verdiene ich 150 Mark im Monat. Das reicht, um mich selbst zu versorgen. Ich sammle Zigarettenstummel von der Straße, lebe von Reis mit etwas Curry. Schlafe lange und tief. Mit meinem Schreiben verdiene ich 150 Mark im Monat. Meine Kinder kann ich nicht versorgen. Mutter ist nach Berneck in der Schweiz geflohen, sie schreibt mir Briefe, die ich nicht beantworte. Ich schreibe meinen Kindern, manche Briefe behalten sie, andere schicken sie zurück.

Ich trage meine Geschichten durch die Stadt. Fahre mit dem Zug zur Zeitungsredaktion in Grunewald, man will meine Texte abdrucken. Durch die staubschmutzige Scheibe brennt die Sonne, lässt ihre speckige Hitze im Abteil aus, dann fahren wir in den Wald. Tauchen in die Tiefe des grünen Lichts. Die Zweige wogen ruhig in ihrem Aquarium. Im Fenster sehe ich, dass meine Hautcreme vom Gesicht bröckelt. Ich ziehe ein Augenlid hoch, kneife ein Auge zusammen, presse die Ohren an den Schädel. Schüttle den Kopf. Blase eine Wange auf.

Clown Pipolo klatscht sich Mehl ins Gesicht, schmiert Rot auf die Wangenknochen, bestreicht das Kinn mit Grün. Dann greift er nach seiner Leuchtnase, steckt den Kontakt in die Tasche. Tritt auf die Bühne. Die Nase blinkt. Clown Pipolo in seinen übergroßen Kleidern und mit roter, blinkender Nase, die er abnimmt, um sie wie ein Ei zu zerbrechen, erst am Boden, dann an seiner Stirn. Er nimmt ein weißes Ei aus der Hosentasche, zerdrückt es in der Hand. Das Eiweiß fließt in seinen weiten Ärmel. Er holt einen langen Strick hervor, legt ihn sorgsam auf den Boden und balanciert darauf mit ausgebreiteten Armen wie ein Seiltänzer, immer einen Fuß vor den anderen. Er klatscht sich selbst Beifall, auch wenn das Publikum applaudiert. Dann legt er den Strick als Schlinge um den Hals, zieht sie zusammen, neigt den Kopf zur Seite, schließt die Augen.

Und es ist Frühling. Ein Sonnenstrahl fällt durchs Fenster in der Rankestraße, ich bin glücklich. Ich öffne die Gardine, zünde eine Zigarette an, rauche ruhig und beobachte, wie sich der Rauch zwirbelt. Halte eine Hand über die andere. Der Rauch bildet lange Fäden, sickert durch die Fingerritzen, ich beobachte die milchfarbenen, zarten Kringel beim Aufsteigen. Wedle mit den Armen, verwirble das Muster. Die sonnengebräunte Hand tanzt durch die Schatten, über dem Schoß. Ich presse die Hand zwischen die Schenkel, schlüpfe aus dem Kleid, den Schichten aus Baumwolle, knüpfe meine Strumpfhalter ab, sie fallen zu Boden und legen sich um meine Fußknöchel. Ich pinkle bei geöffneter Tür, der Strahl trifft aufs Porzellan, während ich singe, bin die lautstärkste Sängerin im ganzen Aufgang, singe zu Liedern aus dem Radio. Mit einem Stück Kohle von unterm Ofen zeichne ich mein Gesicht. Einen Kreis und einen viel zu langen Hals, einen Giraffenhals. Das Kohlegesicht bleibt auf dem Tisch. Solange ich arbeite, verlasse ich die Wohnung nicht. Steige mir selbst auf die Füße. Koche Wasser über der Gasflamme, suche eine verrostete Konserve, öffne sie umständlich mit einem kleinen Messer. Der Pfirsich, dampfend wie Eingeweide. Und die Leuchtreklame dreht sich immer weiter, und so wirkt alles wie durch eine rot getönte Sonnenbrille, der Asphalt glüht und die Gesichter werden zu riesengroßen rosa Ballons, zu aufsteigenden, quer treibenden Riesengesichtern, when it's late in the evening I climb up the hill and survey all my kingdom while everything's still.

In Paris steht Hans am Fenster seines Zimmers in der Rue Mouffetard. Er ist gerade eingezogen. Das Fenster klappert, und es ist Frühling. In der Wohnung über ihm spielen die Algerier ihre Lieder auf einem Grammophon. Sie singen laut und stampfen im Takt. Er sieht zur Straße hinunter. Vereinzelte Haarsträhnen treiben durch die Luft. Und das Pflaster ist bedeckt von Abfall, von Zeitungen, Zigarettenstummeln, Blut und Galle von den Fleischerständen und von abgestandenem Meerwasser und Eis, das von den Kisten der Fischhändler rinnt. Hans setzt sich an den Tisch, lässt das Fenster offen, er kriegt nicht genug vom Lärmen dieser Stadt. Er hat die Fotografien der Puppe hervorgeholt. Hat sie vor sich ausgebreitet, eine neben der anderen. Er betrachtet die Bilder, dreht und wendet sie, hält sie ins Licht, und obwohl Frühling ist, geht er nicht nach draußen, sondern bleibt im Zimmer. Die Puppe auf dem Bett. Die Puppe auf einem Stuhl, sitzend. Die Puppe zweigeteilt, entkleidet, ein Auge, ein Schultergelenk, der kahlköpfige Scheitel. Die Puppe mit ihren kindlichen Knien in einem Wald, x-beinig, zwischen den Bäumen stehend, nachts, die roten Knie und das glatte rötliche Geschlecht leuchten durch die Dunkelheit. Die Puppe, seinen Blick erwidernd.

Der Satz ist ein Körper, den ich zergliedere. Ich nehme Bleistift und Schreibblock und steige auf den kleinen Berg über dem Park und Rosengarten in der Nähe des Bahnhofs Gesundbrunnen. Setze mich auf eine Bank in der Sonne. Meine Schulterblätter ragen unter dem Stoff meines Kleids hervor wie kleine, gebogene Flügel, sie stoßen gegen die hölzernen Lamellen. Ich rutsche an die Kante der Bank, befeuchte meine Lippen, platziere das Papier auf meinem Schoß. Mit Großbuchstaben schreibe ich einen Satz auf das Blatt. Ich darf nur die gegebenen Buchstaben verwenden. Finde ein neues Wort und noch eines, streiche verwendete Buchstaben senkrecht durch. Die Buchstaben sind die Glieder, das Gebein, die Haken, die ich zusammenhefte. Das gefügige Mark des Texts. Ich verschiebe Buchstaben, zerbreche, breche auf, spalte, amputiere. Vers für Vers.

In meine Hefte zeichne ich mit schwarzer Rabentinte, roter Tinte aus dem Herzen. Ich besorge mir mehr, fülle sie mit Buchstaben und Bildern. Ein riesiger Haufen liegt auf meinem Schreibtisch. Und die Schrift breitet sich aus, ich zeichne bis an den Rand des Papiers und darüber hinaus ins Unendliche, ich schreibe überall hin, auf Notenblätter, Butterbrotpapier, Zigarettenpackungen, Streichholzschachteln. Und die Jasminsträucher blühen und die Schrift strömt, meine Hand bewegt sich von selbst, ich schreibe klein, schreibe groß, rot, schwarz, es sind Befreiungsübungen für die Hand, lange Liebesbriefe, geschrieben an irgendwen, es ist ein Zusammenbruch, Teerbilder, Monsterbilder, Wahnsinnsbilder, Bilder vom ewigen Glück, Seidenrinder, Silber, See einer Blutenden, und die Nächte sind voll mit tausenden Augen, schleimig und wachsweich.

Meine Mutter sagt: Da, es fallen Bomben.

Ich drehe mich um und suche in der kleinen Schachtel, in der wir das Nähzeug aufbewahren, nach einem Knopf. Arbeite an dem Mantel. Führe die Nadel durch den Stoff, durchs Knopfloch. Hans sitzt mir gegenüber, und während draußen der Wind zunimmt, sagt Hans, dass er sich nachts im Schlaf drehe und wälze. Das Laken, in dem er sich verfange, der weiße Stoff, bewege sich in der Dunkelheit, und dann müsse er aufstehen, um zu prüfen, ob sich darin jemand oder etwas versteckt. Wohin er auch sehe, zapple ein Eckchen des Stoffs, und so stehe er auf, ziehe sich an und lege sich in Kleidern wieder aufs Bett, auf Laken und Decken, schlafe aber nicht. Seit der Ankunft dieses Briefs könne er nicht mehr schlafen, er denke an Berlin und fühle sich, als wäre keine Zeit vergangen, als würde er wieder in jene Zeit eintauchen. Er liege wach und betrachte mein schlafendes Gesicht, und die Nacht vergehe, die Uhr schlage, könnte er doch nur so schlafen wie ich, so gut und tief, einfach bewusstlos in denselben Schlaf fallen. Aber er schlafe nicht.

Er stehe auf und hole den Fotoapparat, stelle ihn auf und ziehe mir das Nachthemd aus. Ich würde mich träge bewegen, schlaftrunken und benebelt vom Magnesium des Blitzlichts, und die Haut schimmere im Dunkeln golden, erzählt mir Hans und rutscht dabei unruhig auf seinem Stuhl hin und her, sieht mir beim Nähen zu, wie sich die Nadel durch den Stoff bohrt. Er stelle die Blende ein, aber ich würde noch immer nicht aufwachen, auch nicht, wenn er mich anfasst, wenn er mich anpustet, um die gewichtlosen Strähnen meiner Stirnfransen vom Gesicht zu lösen, wenn er die Nachttischlampe anknipst, auch nicht, wenn er meinen Körper vorsichtig verschiebt, an meinen Beinen zieht, mich unter dem Ticktack des Zeigers übers Bett zerrt, den Körper lang streckt, einen Spiegel zur Körperverdopplung positioniert, den Spiegel anschrägt, den Belichtungsmesser einstellt, an der Linse dreht und flash, das Blitzlicht alles erleuchtet.

Im Bild der Kamera bin ich gigantisch. Mein Gesicht ist weit, grenzenlos. Ich bin weiches Gewebe. Magnesium. Der Blitz ist mein Scheinwerfer. Ich bin im Zentrum. Ich erwidere den Blick der Kameralinse, starre zurück. Wachse aus mir. Ich gehorche und befehle: Nimm meine Augen und präsentiere sie auf einem wächsernen Podest. Zieh mich durch die Membran der Haut. Um mich strömt der Schmerz aller Dinge wie das leise Ticken eines Dialysegeräts, meine eigene Lust. Ich möchte ein anders Bild sein. Ich überwältige die Schatten. Alles strömt durch mich.

Wir am Tisch, Hans und gegenüber ich. Um uns die steinernen Wände des Hauses. Es ist still. Wir hören nur das beinahe lautlose Abfedern, wenn Hr. Heinrich von Hans' Schoß auf meinen springt, und ich beuge mich vor und falte den Brief zusammen. Ich erzähle Hans, dass ich Mr und Mrs Copley geschrieben habe, sie sollten kommen, wir würden sie im Dezember hier in Ermenonville erwarten, die Adresse hätte ich ebenfalls notiert. Hans blickt auf den Brief, dann zu mir, er steht auf und geht zum Fenster, von meinem Platz am Tisch aus sehe ich ihn nicht mehr. Er bleibt dort, bis ich unruhig auf dem Stuhl wetze und seinen Namen sage. Und Hans geht um den Tisch herum, nimmt den Brief und nickt. Und wenn es sich bewahrheiten solle, wenn sie wirklich kämen, dann werde er mit der Arbeit anfangen, und ich würde ihm helfen, sage ich, und Hans nickt wieder und setzt sich mir gegenüber. Sein Blick wandert vom Brief zu mir, er faltet den Brief, hält ihn fest. Dass wir damals so nah aneinander zwei Leben gelebt hätten, beinahe nebeneinander, getrennt, jeder für sich, ohne uns zu kennen, in derselben Stadt, sagt Hans, und jetzt seien wir zusammen hier. Und dass unsere Leben nur zwei dünne Fäden gewesen seien, zwei Saiten, noch nicht angeschlagen, sei ihm fast unbegreiflich. Und auch wenn die Arbeit damals wichtig war, sei sie nicht so wichtig gewesen wie jetzt, sage ich, und nur mit meiner Hilfe, sagt Hans, und ich nicke und sage ja, bei dieser Arbeit sind wir zu zweit, und nur durch meine Hilfe, durch meine Hände kann die Arbeit fertiggestellt werden.

Wenn ich nicht an meinem Platz am Fenster sitze oder Hans nicht auf seinem Stuhl im Obergeschoss, gerät das Haus in eine Art Ungleichgewicht. Ein Schwerpunkt verschiebt sich. Hr. Heinrich rollt sich auf dem Fensterbrett zusammen. Das Ungleichgewicht ist manchmal unmerklich. Ein Zittern, ein kalter Wind, ein Luftzug von nirgendwo. Wie heute, da Hans meinen Platz am Schreibtisch eingenommen hat. Vom Lehnstuhl aus betrachte ich seinen gebeugten Rücken. Er braucht das Licht. Ich habe mich seinetwegen hier herüber gesetzt, von wo aus ich ihn jetzt mit den Händen im Schoß beobachte. Ich trage den karmesinroten Mantel. Hans' Hand saust unablässig über das Papier. Die Hände bewegen sich wie von selbst, mit weichem Kohlestrich. Die Hand zeichnet die Konturen eines Menschenkörpers.

Hans muss auf meinem Platz sitzen. Das sei notwendig, erklärte ich ihm. Er muss die Zeichnungen fertigstellen, die Skizzen, das ist der Anfang unserer Arbeit, und heute sagte ich, er könne am Fenster sitzen, wo das Licht besser sei. Aber jetzt, da ich ihn betrachte, über den Tisch gebeugt, meinen Platz einnehmend, wie sonst ich die leere Luft am Tisch füllend, da ich sehe, wie die Puppe Form annimmt, beim Betrachten seines eikahlen Scheitels, des gebeugten Nackens, durchflutet mich Liebe und zugleich Zorn. Ich spreize die Beine. Meine Hand bewegt sich wie rasend über den Mantel, reißt ab. Die Ärmel. Das Futter. Ich erzähle Hans nichts, ich bin eifersüchtig auf die Puppe. Ritsch-ratsch. Ich mache weiter, bis alle Nähte aufgetrennt sind.

Es ist Dezember. Alle Türen des Hauses sind geschlossen. Wir arbeiten im mattgelben Lampenlicht. Die Fensterläden sind verriegelt, das Haus kapselt sich ein, und zwischen seinen Wänden wachsen wir und breiten uns aus. Wir tragen Eimer voll Gips durchs Zimmer. Mehrere Tage verlassen wir das Haus nicht.

Es wird kälter, und Mäuse und Ratten aus dem Wald dringen ins Haus. Wir hören ihre scharrenden Krallen vom Dachboden, das Nagen hinter der Wandverkleidung, wir lauschen dem Haus, das sich ihren Zähnchen ergibt. Die Dezembersonne scheint bernsteinfarben, rot. Wir stoßen die Fensterläden auf, sitzen wie im Fieber am Fenster. Im Garten lassen die Dahlien ihre zerrupften Köpfchen hängen. Die Waldohreulen schweben überm Wald, sie fliegen übers Hausdach, sie kommen dichter und dichter heran, so nah, dass ihre Flügel an den Scheiben streifen.

Als erstes modellieren wir den Torso, errichten inmitten des Wohnzimmers ein Drahtgerüst und formen darum den Lehm. Ich laufe hin und her und wickle feuchte Lappen um die Lehmmasse, damit sie nicht springt. Wir modellieren Schultern, Brust, Bauch. Formen das Geschlecht und formen es um. Wir spucken und verformen, renken die Beine auseinander. Grauer Gips trocknet über dem Lehmkern. Fettes Fleisch, mageres Fleisch, geformt von unseren Händen. Ich zerschlage den Lehm und der hohle Gips bleibt zurück. Wir legen die Körperteile in einer Reihe auf den Boden. Ein Beugen des Nackens unter vorsichtigem Daumendruck. Ein Vorziehen der Arme. Metallscheiben, drehbar wie Hüftgelenke. Ich untersuche die Geschmeidigkeit der Gelenke, führe sie in kindische Posen. Ich werde nicht müde, den Körper zu bewegen, ihn nach Lust und Laune umzulagern. Hans gibt mir einen Meißel zum Aushöhlen des hölzernen Brustkastens.

Ich schütte Wasser in den Eimer, immer nur wenig, lasse das Pulver hineinrieseln, streue Weiß, ziehe den Holzstab durch die dicke, langsam antrocknende Masse. Ein hypnotisches Kreisen. Gieße Wasser an. Hans sagt Halt.

Ich forme mit beiden Händen eines der Beine. Ein weich gerundetes Knie, befestigt an Schienbein, Oberschenkelknochen und Kniekehle. Der starre Schienbeinknochen schmiegt sich in die Kniebeuge, in den Knorpel, und erstreckt sich bis zu dem zarten Knöchel, zu dem großen, breiten Fuß. Ich schneide dünne Leisten und ziehe die Leisten durch den Körper, Schwellen, die den Körper in Form halten. Über das hölzerne Skelett verstreiche ich den grauen Mörtel. Die Finger dürfen drücken und modellieren. Die Haut aus Leinen, Leim, Wachs.

Ich warte, bis Hans schläft, damit ich allein arbeiten kann. Dann schleiche ich mich durchs Haus. Schließe die Tür hinter mir, damit Hans nicht aufwacht. Ich bin mit der Puppe allein.

Ich suche Nadel und Faden, verziere den linken Elfenbeinflügel des Beckens mit schwarzem Zwirn. Und was ist mit mir, was, wenn ich mich anziehen würde wie dich, meine Finger zwischen deine hölzernen Rippen steckte? Die nahtlose Haut deiner Beine über meine streifte? Und meinst du, ich könnte, ohne dass mir schwindlig würde, deine Weste aus Haut über meiner Brust zuknöpfen?

Dein pechschwarzes Haar, seine Vaselinreflexe, es ist dunkler und länger als meins. Die Kringel, die sich über den Boden und deine ausgestreckten Arme schlängelnden und windenden Locken. Ich knipse die Nachttischlampe an. Stelle sie auf den Boden und krieche in den Lichtkegel. Puste gegen deine Stirnfransen, die sich leicht anheben. Deine Schultern haben denselben Umriss wie die Hüften, dein Ohr ist nicht größer als ein Auge, und da ist das Schlüsselbein, das Kreuzbein, ein von mir geformtes Kniegelenk. Ich arbeite mich in dich hinein, in dein Bild.

Der Solarplexus öffnet sich wie eine Landschaft, seine Nerven und Blutbahnen, die dünnen Drähte der Arterien, die sich gabeln und wie Wege verlaufen und wenden, und ich sehe eine sich zu einem unendlichen Horizont erstreckende Landschaft en miniature, und einen schneekugelgleich kuppelgewölbten Himmel. Ich lege das Ohr an deine ausgehöhlte Brust und lausche nach einer Brandung, einem rhythmisch sprudelnden Brausen. Irgendwo am Horizont dehnt sich mein Atem aus, wird unendlich tief, und wogt dann zurück, in mich hinein.

Je nachdem, wie ich die Haare hochstecke, flechte oder über die Augen hängen lasse, verändert sich das Gesicht, ein wenig, fast unmerklich, doch ich sehe es. Die Augenlider, die sich bei jeder noch so kleinen Bewegung heben. Ich streiche das kräftige Haar von der Stirn stramm nach hinten, flechte es im Nacken. Hände und Füße kann man drehen. Ich hebe den Körper hoch. Verändere die Haltung des Rückens. Ich schneide den Zopf ab, sodass die Haare kreisförmig vom Kopf abstehen. Wenn ich mit dem Daumen gegen die Haut drücke, hinterlasse ich keine Spuren. Der Brustkorb mit den braun gemalten Brustwarzen, die kleinen, runden Kreise, nur zwei kleine Knöpfchen, fast nichts. Eine Jungenbrust. Oder zwei kleine, niedliche Mädchenbrüste. Die goldgleiche Wachsfarbe der Haut. Ich hebe den Körper mit beiden Händen hoch, halte ihn vors Fenster, wo ich das Gesicht am besten sehen kann. Die Lippen sind schmal, die Wangenknochen hoch. Die Farbe ist über die Lippen gelaufen, wie Nasenbluten. Ich drehe die Arme, verrenke die Beine. Die Beine sind steif. Das Geschlecht, verschlossen, glatt und hart. Ich sehe eine Schablone, eine Form, die ich ausfüllen soll. Das wünsche ich mir. Alle Glieder sollen gebogen werden.

Dezember höhlt uns ein Nest. Nun kommt die Nacht, und ums Haus herrschen Schlaf und Nacht, aber hier drinnen wachen wir.

Hans beugt sich über die Puppe. Sie sitzt jetzt mit leicht gespreizten Beinen und abgewinkelten Knien am Fenster, leicht nach rechts gewendet, damit ihr Gesicht nicht direkt zu uns zeigt. Ein Auge blickt aus dem Fenster, das andere in den Raum. Die Augen sind offen. Das Gesicht ist gelb, kühl. Ich hole den Mantel, ein Ärmel ist zerfetzt, die Säume sind ausgelassen und das Futter schleift am Boden. Trotzdem zieht Hans den roten Mantel über den Puppenkörper und knotet den Gürtel um die Taille. Und während ich warte, dass er sich an den Tisch setzt, stehe ich auf und brühe Kaffee, beobachte das Treiben der kleinen, schwarzen Körnchen im Wasser, das in einem Wirbel durch den Filter gesogen wird, und erst als sich Hans' Schritte dem Tisch nähern, als ich höre, wie er den Stuhl herauszieht und sich niederlässt, drehe ich mich um. Ich fülle seine

Tasse, dann meine, und setze mich ihm gegenüber. Ich drehe die Tasse in den Händen und sehe nicht zum Lehnstuhl, vermeide es, denn jeder Blick dorthin zieht mich in eine tiefe Schwere, ich sehe stattdessen zu Hans. Hans wiederum blickt in die Tasse, rührt mit dem Löffel, unaufhörlich, obwohl der Zucker sich längst aufgelöst hat, und dass wir damals so nah aneinander zwei Leben gelebt hätten, in Berlin, sagt Hans, und jetzt hier beieinander säßen, dass wir uns nur ein paar Tage nach dem Fest in der Villa wieder begegnet seien, zufällig, sei ihm fast unbegreiflich, denn ich hätte am Bahnhof Jungfernheide gesessen, wo man seinen Zug angehalten und ihn aufgefordert habe auszusteigen, und während er auf mich zugegangen sei, habe er meinen Namen gesagt, und da hätte ich den Kopf gehoben, und er hätte gesehen, dass mein Gesicht strahlte. Und wir hätten einander die Hand gereicht, und beim Einfahren des nächsten Zugs seien wir gleichzeitig aufgestanden, ich, Unica, sei neben ihm, Hans, gegangen, und er habe gesagt, ich müsse etwas schneller gehen, größere Schritte machen, um mit ihm Schritt halten zu können, und er habe seinerseits das Tempo verlangsamt, damit wir im Takt liefen, und allein, mich in Berlin zu wissen, habe ihn froh gemacht, zu wissen, dass ich durch dieselbe Luft spazierte, unter demselben Himmel, sagt Hans und nickt, blickt in die Tasse, und wir sitzen uns gegenüber, während wir abwechselnd in unsere Tassen blicken und zueinander, und dann lächelt Hans mich an und ich lächle zurück, und ich sage, bald sei alles bereit, und Hans nickt, aber jetzt weicht er meinem Blick aus, sagt nichts mehr, und sieht nur in seine Tasse, in der sich unaufhörlich die schwarzen Körnchen drehen.

Ich schiebe den Schreibtisch in die Zimmermitte. Decke ihn mit einem Tischtuch, vier Gläsern, vier Tellern, Öl und dem kleinen Salzstreuer. Die Puppe platzieren wir, in den Mantel gekleidet, in den Lehnstuhl am Fenster. Wir lassen die Fensterläden offen, damit das Licht der Straßenlaterne auf ihr Gesicht fällt. Dann stapfen wir durch den Nebel, der sich auf die Stadt gelegt hat. Wir gehen zum Gasthaus. Wir suchen uns einen Tisch am Fenster, von dem aus wir das dunkel und wuchtig in der Dämmerung stehende Haus sehen können. In Hans' Tasche steckt der Brief aus Berlin. Wir bestellen ein Glas, dann noch eins. Was wir zu feiern hätten? Denn wir würden ja wohl etwas feiern, meint die Wirtin und beugt sich zu uns. Noch nie haben wir jemandem von unserer Arbeit erzählt, aber wir haben seit vielen Tagen keinen Menschen gesehen, und da die Wirtin der erste Mensch ist, dem wir begegnen, zieht Hans den Umschlag aus der Tasche. Den von der Wirtin überbrachten Brief. Den Brief von Mr und Mrs Copley.

Die Wirtin beugt sich zu uns und liest. Wir deuten in Richtung Haus, das weiterhin dunkel an seinem Fleck steht. Die Wirtin nickt, sie habe uns die letzten Tage gesehen, sagt sie, mich auf dem Weg zum Laden, Hans rund ums Haus, nie zusammen, immer jeder für sich, die Deutschen in der Villa les Jumeaux. Ich auf dem Weg zum Laden, eine magere Gestalt, aufrecht, mit weit ausholenden Schritten, den langen, geflochtenen Zopf auf dem Rücken, wir seien ein merkwürdiges Paar, wie Bruder und Schwester. Und wir seien leichtfüßig, und zugleich schwer beladen, als würden wir etwas tragen, das sie nicht sehen könne, wir würden beide gehen, als habe man uns Säcke voll Erde um die Füße gewickelt, und sie mustere uns, Hans mit seiner langen Jacke, meinen langen, am Rücken baumelnden Zopf mit einer Seidenschleife, sagt die Wirtin und nickt. Und sie habe genau an dem Tag, an dem ich vorübergegangen sei, eine Fotografie aus der Schachtel gezogen, ein Foto von Berlin, und das sei doch ein ziemlicher Zufall. Sie habe von dem

Foto zu mir geschaut. Auf dem Foto könne man ein neu errichtetes Gebäude sehen, groß und glatt, wie Kandis oder Perlmutt, und diese Neubauten seien das Vergessen, diese neuen Gebäude, die Knochen und Staub in die Erde schoben und hämmerten, Knochen und Staub. Und an jenem Tage sei ihr Blick von den vergrabenen Knochen zu mir und meinem langen Zopf gewandert, erzählt uns die Wirtin, und sie habe mit mir reden wollen, mich rufen, mit dem Bild wedeln und es mir zeigen. Aber ich hätte ihren Blick nicht erwidert, nichts gehört. Die Sonne habe mein Gesicht gestreichelt, und ich hätte ebenfalls gewirkt, als würde ich strahlen, die Sonne sei warm gewesen, obwohl es nicht mehr August oder September, obwohl es schon Winter war. Der Zopf sei an meinem Rücken gebaumelt, und sie frage sich wirklich, wie ich so nah an ihr vorbeigehen und zugleich so weit weg sein konnte. Ich sei immer irgendwo anders, unerreichbar, und ich würde nichts hören, mich nicht einmal umdrehen, und mit meinen weit ausholenden Schritten am

Wirtshaus vorbeigehen, sagt die Wirtin, wo sie hinter der Scheibe sitze und uns betrachte, die Deutschen in der Villa les Jumeaux.

In meiner Nacht, allein mit mir, fädele ich die Nadel ein. Mein Gesicht spiegelt sich im Fenster. In meinem eigenen Schatten sitzend zähle ich die Stiche, die Nadel in meiner Hand beginnt zu tanzen. Der Schatten in der Tiefe der Scheibe ist ein Echo, die widerhallenden Farben erscheinen in mattem Abglanz. Der Faden gleitet aus der Nadel, und ich befeuchte ihn, sauge am Fadenende und stecke den Zwirn durch das Nadelöhr, und die Hände bewegen sich von selbst. Die Nadel dringt durch die Haut. Und ich halte die Hand im Schoß, die andere bewegt sich langsam, der schwarze Faden dringt durch das Gewebe und Blut perlt, kleine aufplatzende Haarbälge, und obwohl mir schwindlig wird, mache ich mit meiner Arbeit weiter. Die Haut am Handrücken, Stich für Stich sticke, steche, hefte ich die Haut zusammen, verknote den Faden, mein Werk.

II

Vorführung

Ich sitze im Lehnstuhl am Fenster und sehe zu dem leeren Fleck, wo einmal der Schreibtisch war, zum Schreibtisch, der jetzt mit einem Tischtuch bedeckt in der Zimmermitte steht. Darauf sind Flecken von einem Abendessen. Eine Scheibe Brot. Zigarettenstummel haben Löcher in den Stoff gesengt. Kerzen sind rußig bis auf die Leuchter heruntergebrannt. Eine Dochtschere aus Silber. Die Stühle sind verschoben, vom Tisch weggerückt, als wäre jemand gerade eben aufgestanden. Jemand ist aufgestanden und hat den Tisch verlassen. Asche, Ringe von Rotweingläsern. Brotkrumen auf dem Tischtuch, der durch die Räume ziehende Wind pustet sie weg. Der Gips birst. Der Schädel wird zerschmettert. Ich erzähle dem Wind und der Asche auf dem Tisch. Schatten und Licht flackern durch den Raum. Alles verweist auf mich, die Gegenstände im Zimmer strahlen mich an. Mein Atem ist der Luftzug durchs Haus. Ich schließe die Augen. Ich lausche nach Schritten im Haus.

An der Luke des Strandbads Wannsee kaufe ich eine Eintrittskarte, ich kreisle durch den Zählapparat und trete in den Schatten der Arkaden. Gleich schließt das Bad. Schwärme von Schmeißfliegen hängen in der Luft, silbrig spiegelt sich die Sonne im Wasser. Ich komme an den Buden vorbei, an denen tagsüber Eis, Zitronenbrause und Kuchen verkauft wird, noch hält sich die Wärme in den braunen Steinen. Die Badekabinen, kleine Kuben, stehen schattenlos im gräulichen Abendlicht. Kreuz und quer am Strand sind Aufräumarbeiten im Gang. Noch kann ich die Spuren von Menschen sehen, ausgehobene Kanäle und Rinnen, in denen Wasser versickert. Ich laufe über den Sand. Servietten flattern im Wind. Stimmen wehen über den See. Im Halbdunkel füllt sich die Luft mit Insekten. Ich wische sie von der Wange. Schlüpfe aus den Schuhen und marschiere am Wasser entlang. Nach Sonnenuntergang wird die Achse des Gebäudes schwarz. Die Arkaden verschwinden. Wo der Strand endet, beginnt der Wald. Ich gehe zum Waldrand. Klettere über den Zaun. Ich gehe in den Wald.

Ich lausche nach Hans' Schritten im Haus. Hans ist nicht mehr hier. Hans ist nach Paris gefahren, er muss ein paar Dinge klären, mit Petit sprechen und ein Auftragsportrait zeichnen, er wusste nicht, wie lange er wegbleiben wird. Und die Gardinen bauschen sich im Wind, der durch die Zimmer bläst. Vom Stuhl aus kann ich zum Tisch sehen, und durchs Fenster den Jean-Jacques Rousseau-Park und den Wald, den jetzt der Nebel einhüllt. Mein Arm ruht auf dem Schoß. Ein Bein über dem anderen, schwer nach unten ziehend, der Fuß einwärtsgedreht, die Ferse, das Gelenk, die gelbliche Haut. Ich bin der Mittelpunkt des Hauses. Und ich sehe zum Wald, der verschwindet, und zum Tisch, an dem wir gegessen haben, Mr und Mrs Copley, ich und Hans. Ich habe mich für das Essen schön gemacht. Mit einem schwarzen Plisseerock, den mir Hans geschenkt hatte, einer ganz zarten Organdybluse und einem schwarzen Samtbändchen um den Hals. Ich stehe am Fenster, hinter den Läden, und halte Ausschau nach dem Auto, nach Mr und Mrs Copley, aber die Straße ist durch Nebel und Dunkelheit hindurch kaum noch zu sehen. Sie werden über die Landstraße kommen, aus Paris. Und ich verzeichne die Unruhe meines Herzens. Der Tisch ist gedeckt, mit dem weißen Tischtuch, und während die Kerzen wie unter einem Atemhauch flackern, höre ich endlich ein Auto vorfahren. Autotüren schlagen zu, Absätze knirschen auf dem Kies, Schritte durch den Nebel. Die Haustür öffne ich. Vermummte Gestalten beugen sich zu mir. Ich kann im Halbdunkeln die Gesichter nicht sehen, aber ich höre deutlich die tiefen amerikanischen Stimmen. Ich denke an Amerika und die schwarze Lackierung des Fords, diesen vor unserem Haus glänzenden Wagen, und ich nehme ihnen die Mäntel ab und trage die schweren, schwarzen Pelze zum Kleiderschrank, vergrabe meine Hände in ihrem Schwarz, während ich oben Hans' Schritte vernehme, dann ihre Stimmen, die sich schon bald im Wohnzimmer mit dem Klang von Hans' Stimme mischen. Sie stehen zu dritt drüben beim Stuhl, mit dem Rücken zu mir. Sie haben sich um die Puppe versammelt, deren gelbliches Gesicht ich zwischen ihnen hindurch ab und an erhasche. Das wächserne Fleisch. Sie rücken dichter zusammen. Sie heben den Körper an, ziehen an den Armen, drehen einen Arm, einen Fuß, kneifen und zwicken ihr in die Gliedmaßen. Sie sind fröhlich, nur von der Ankunft schon berauscht. Dann trete ich zwischen sie und sage, jetzt gehen wir zu Tisch. Ich hole die Platte mit den Krabben, aber sie setzen sich nicht. Mrs Copley bewundert unsere Arbeit. Sie blickt von der Puppe zu mir, komm her, sagt sie und zieht mich am Ärmel, komm hierher, und zu Mr Copley sagt sie, sieh mal. Und ob ich nicht der Puppe ähneln würde, fragt sie ihn und umfasst mein Gesicht, dreht es mit hartem Griff, als würde sie es präsentieren. Und Mr Copley nickt, bis jetzt habe er das nicht bemerkt, erstaunlich, das gleiche Gesicht und doch nicht dasselbe, und er blickt von der Puppe zu mir, und ich nehme Mrs Copleys Hände und winde mich aus ihrem Griff, und dann füllen sie das Wohnzimmer mit lautem Gelächter. Jetzt fangen wir an, sage ich. Und wir legen uns die Servietten auf den Schoß, wir verspeisen die großen Krabben mit frisch geschlagener Mayonnaise, knacken mit einer Zange die Beinchen auf. Der Künstler müsse mit seiner Arbeit eins sein, sagt Mrs Copley, in ihr verschwinden. Und die Stunden verstreichen, und Mrs Copley macht sich breiter und breiter. Sie spricht schallend laut, knackt eine Schere. Und sagt, der Künstler kenne sein Werk nicht, nicht bevor es fertig sei. Hans schabt die Krabbenschalen vom Teller, der Künstler sei nie er selbst, immer zerrissen, immer in sich und außer sich, sagt er, immer bereit, sich zu verändern, eine andere Form anzunehmen. Ich esse, pule das weiße Krabbenfleisch aus den Beinchen, schlürfe die weißen Fasern, lecke die fettige Mayonnaise von Nägeln und Schalen. Ich verberge meinen Hunger nicht, lasse die Schalen fallen, sie klirren und rascheln auf dem Porzellan. Ich beobachte über den Tisch hinweg die schwitzenden, schwebenden Gesichter. Sie werfen den Kopf in den Nacken und lachen, sie hören den ganzen Abend über nie auf zu lachen, und Mrs Copley nimmt meine Hand, und ihre Hand liegt klein und trocken in meiner, und von da, wo ich nun sitze, sehe ich zu dem Tisch mit dem fleckigen weißen Tischtuch, dem Tellerstapel, den zerkrümelten Scheiben Brot und der Dochtschere, zum Tisch, an dem keiner mehr sitzt. Das Haus zieht sich um mich zusammen, weitet sich aus, und ich bin eingehüllt von den leeren Zimmern, den angegilbten Tapeten. Die Hand im Schoß. Durchs Fenster kann ich zum Wald sehen, in den Nebel. Hr. Heinrich schnuppert an meinem angeschwollenen Fuß. Ich pinkle, und der Strahl läuft körperwarm am Schenkel hinab, hinterlässt auf der Haut eine Spur, die, während der Urin trocknet, allmählich rot wird.

Und da sind wir nun, sagt Mrs Copley und faltet die Serviette auseinander, wischt sich die Finger ab, kippelt mit dem Zeigefinger eine Krabbenschale auf ihrem Teller, in Geppettos Werkstatt, ein halbe Tankfüllung vor Paris, in den Wäldern um Ermenonville, die Bäume standen in der Dunkelheit so eng, dass wir uns im Auto förmlich duckten, bis wir endlich hierher gelangten und im Haus Licht sahen. Und Grüße sollen sie bestellen, meint Mrs Copley, von Hans' Galerist Petit in Paris, sie sollten grüßen und sagen, Hans müsse nach Paris kommen, und wenn er wolle, könne er später mit ihnen zurückfahren, und Hans nickt und blickt auf seinen Teller. Und obwohl ich ihm direkt gegenübersitze wie sonst auch, blickt er bloß auf den Teller oder auf einen Punkt hinter mir. Und ich versuche, den Fuß so weit wie möglich auszustrecken, schaukle ihn vor und zurück, recke die Zehenspitzen, stupse gegen Hans' Fuß, aber nichts, kein Blick, keine Regung von ihm, er hebt nicht einmal den Kopf, es war einmal ein Stück Holz, so finge die Geschichte an, sagt Mrs Copley, kein König, kein Prinz, sondern Maestro Antonio gibt Geppetto ein Stück Holz, das sprechen kann. Und Geppetto hat eine verblichene gelbe Perücke, er sitzt in seinem nur notdürftig eingerichteten Zuhause auf einem Schemel, vor kahlen Wänden, durchs Fenster fallen Sonnenstrahlen und in Geppettos Schoß ruhen seine verwelkten Hände und die vergilbte Perücke, und weil er so arm ist, hat er sich das Kaminfeuer an die Wand gemalt, einen Kamin mit loderndem Feuer, und daran ein munter brodelnder, Rauchwölkchen speiender Topf, und der Rauch wirke wie echter Rauch, sagt Mr Copley, dieses Detail gefalle ihm am besten, dass Feuer, Topf und Rauch zwar wirklich zu sein scheinen, aber nicht wirklich sind, und so stelle er sich die Szenerie vor, das schlichte Zimmer, das Holzscheit, Harz und Sägespäne, dickflüssiger Leim und im Sonnenlicht tropfendes Harz, und Geppetto, der mit dem Fuß den Takt stampft, und dicht am Holz seine Hand, Schlafstatt des Messers, als ob sie lauschten, sanft gibt das Holz der Klinge nach, unter dem Messer, das Pinocchios starres Bein schnitzt.

Ich zünde eine Zigarette an, gehe an den geschlossenen Eisbuden im Strandbad Wannsee vorbei. An einer hängt ein Zirkusplakat. Heute Abend ist Vorstellung, angekündigt in großen, bunten Lettern. Der Zirkus steht auf der benachbarten Wiese, das hochgewölbte Zeltdach ist hell erleuchtet, ich höre die Musik. Eine Ziehharmonika wird angestimmt. Ich laufe über den Sand. Habe eine Gaslaterne dabei, die im Takt meiner Schritte hin und her baumelt. Die Füße versinken im Sand. Ich schlüpfe aus den Schuhen und gehe am Ufer lang. Sobald ich ins Wasser trete, umschwirren mich Schmeißfliegen, sie sind fett und berauscht vom Zucker im August. Ich marschiere entlang der Wasserlinie bis zum Zaun, und bald bin ich im Wald. Drehe am Anzünder, die blaue Flamme lodert knisternd auf. Das leise Sirren der Lampe, der Umriss der Hand, die Härchen, die sich am Handrücken kringeln. Das Licht brennt den Nachtnebel weg, ich gehe zwischen den Bäumen hindurch. Tief im Wald liegt ein Boot, eine hölzerne Jolle, vor langer Zeit an Land gezogen. Jetzt ist das Holz zerfasert, morsch und weich. Ich setze mich ins Boot, stelle die Laterne vor mich. Der Vordersteven des Boots ist vom Wasser abgewandt. Hinter mir liegt der Seespiegel. Ich sinke im Bug zusammen. Ich hocke hinter der Laterne und blicke in den Wald, und mein Blick dringt so tief wie möglich in den Wald.

Eine Fliege krabbelt über die Brotkruste, auf der das Grün gemächlich das Weiß verschlingt. Das Brot schimmelt nun schon seit ein paar Tagen. Das Wasser in einem Wasserglas hinterlässt beim Absinken Kalkring um Kalkring. Ich sitze im Lehnstuhl am Fenster, im Licht der Straßenlaterne. Der Arm ruht im Schoß, mit der Handfläche nach oben und gekrümmten Fingern. Hr. Heinrich bewegt sich lautlos von einem Flurende zum anderen. Sein aufgestellter Schwanz schwingt und windet sich. Durchs Fenster kann ich zum Wald sehen, zum Gasthaus, wo sich abends im rötlichen Lampenschimmer Gestalten im Tanz bewegen. Jedes Mal, wenn sie sich erheben, um mit dem Tanzen zu beginnen, durchläuft mich ein Freudenschauer. Von Zeit zu Zeit blickt die Wirtin herüber. Wundert sie sich, dass niemand im Haus Licht anmacht, dass niemand mehr ums Haus spaziert oder für Besorgungen zum Laden? Dass das Haus von einem Tag auf den anderen verlassen wurde? Ich sehe ins Wohnzimmer. Hr. Heinrich meidet es, seine Augen funkeln durchs

Dunkel des Flurs. Mehrmals habe ich versucht, ihn zu mir zu locken, aber er bleibt auf Abstand, auf lautlosen Pfoten in der Dunkelheit, mit um den Leib geschlungenem Schwanz, und betrachtet mich. Ich bin das Zentrum des Hauses, die Räume hängen um mein Herz. Schweiß und Urin sickern aus dem Körper. Und auf dem Tisch die Requisiten des Abendessens: die Dochtschere, die Brotkruste, das Wasserglas, aus dem sich das Wasser langsam verflüchtigt, und Hans lehnt sich vor, um den Docht abzuschneiden, und zerrt dabei das Tischtuch mit sich und das Weinglas stürzt um. Ich trage die leeren Krabbenschalen ab, aber wir lassen das Tischtuch liegen. Die Gläser werden wieder gefüllt. Sie seien seit Kriegsende als Diplomaten in Berlin, erzählt Mrs Copley, bricht ein Stück vom Brot ab, und Mr Copley erzählt eine Geschichte, die nach dem Krieg in aller Munde war und die sie auch selbst verbreitet hatten, über Berlins vier Besatzer. Die vier Besatzer, ein Russe, ein Franzose, ein Amerikaner und ein Brite sitzen jeweils an ihrem Teich, in dem ein Goldfisch schwimmt. Der Russe beugt seinen massigen Körper, seinen Kopf zur Wasseroberfläche, er observiert den Fisch, der im Kreis schwimmt, in immer kleineren Kreisen, wirft seinen Schatten über das Wasser, über den Fisch, fängt ihn mit einem einzigen Griff. Der Russe hält die zappelnde Beute in der Hand, betrachtet, wie sich die Kiemen öffnen und schließen, die große, schwarze, unbewegliche Pupille in einem gallertartigen Ring, das angstvoll starrende Auge, das er mit seinem Blick durchbohrt, bevor er den Fisch bei lebendigem Leib verspeist. Und der Franzose beugt sich über den Teich, fängt seinen Goldfisch und hält ihn gegen das Licht, bestaunt, wie die Sonne durch die Flossen bricht, durch den zarten Schleier aus Fischhaut, aufgespannt zwischen den dünnen Gräten, die den Körper durchs Wasser bewegen. Ein Gewebe, so fein, dass es sich im Wasser schier auflöst, aber im Gegenlicht sieht man jede einzelne kleine, biegsame Gräte, die die Flosse aufrichtet. Die Flossen flattern, als wollte der orangene Körper abheben, während ihm die Luft immer dünner wird, bis die Kiefer zusammenfallen und dem Franzosen etwas milchartiger Schleim von der Hand tropft. Er reißt die Flossen ab und schleudert den Rest des schleimigen Fischkörpers in den Teich zurück. Und der Amerikaner fängt seinen japsenden Goldfisch und schneidet ihn mit einem Messer auf, ein feiner Schnitt öffnet den Bauch, der das fahle Fischblut freigibt, das helle Fleisch unter der Haut, die Eingeweide, braun, grau, eingesponnen in ein dünnes weißes Häutchen, der Amerikaner werkt mit dem kleinen Finger in dem Fisch, bis er ausgenommen und leer ist, denn er will ihn ausstopfen und als Souvenir zurück in die USA schicken. Am seltsamsten aber führt sich der Brite auf, und als er das sagt, sieht uns Mr Copley über den Tisch hinweg an, der Brite fängt den Fisch, hält ihn hoch und streicht ihm über die Flossen, wieder und wieder, liebkost ihn langsam zu Tode, und Mr und Mrs Copley lachen über den letzten von Berlins großen Besatzern, während mir Mrs Copley unter dem Klirren ihrer Perlenkette noch ein Glas Wein einschenkt.

Ich wünsche mir, dass Mr und Mrs Copley bald gehen, damit wir wieder allein sind. Ich wünsche mir, dass die schwarzen Pelze im Kleiderschrank in Flammen aufgehen, und ich sehe, wie sie brennen, die Brustkörbe sinken in sich zusammen. Ein ausgefranster Rand um das Schwarz. Ich stehe vom Tisch auf und öffne das Fenster, damit der Wind kühl ins Zimmer wehen kann, und die Flammen bewegen sich in unseren Augen. Hr. Heinrich reibt sich am Türstock, und von meinem Platz am Fenster sehe ich über den Tisch, an dem sich das fleckige Tischtuch bläht, hinweg zu den verschobenen Stühlen, vom Tisch weggezogen, dem Tellerstapel, den leeren Gläsern und einem Weberknecht, der über den Fußboden huscht. Und aus Gewohnheit lausche ich nach Hans' Schritten im Haus, während der Nebel langsam an den Mauern hochwallt und mich vor dem grellen Licht der Straßenlaterne behütet.

Ich nähe aus meinem Bettlaken ein Segel und hisse es über dem Bootsrumpf im Wald am Wannsee. Ich nehme einen Ast vom Boden und halte ihn in die Gasflamme, und mit dem brennenden Holz senge ich Zeichen in die Bäume rund ums Boot. Ich erfinde meine eigenen Rituale, niemand sonst ist eingeweiht. Ich halte mich aufrecht, im Sitzen, obwohl ich fast einschlafe. Lüfte das Glas der Lampe ein wenig und sehe, wie die Nachtschwärmer schmelzen, wenn sie der Flamme zu nahekommen. Ich verzeichne die Unruhe meines Herzens. Hinter mir funkelt Abend für Abend der Wasserspiegel des Sees.

Heute hat sich der Nebel gelichtet. Die Sonne trifft das Wasserglas, in dem nichts mehr ist als die eingetrockneten Kalkschichten. Ich schließe die Augenlider, denn die Asche weht aus dem Aschenbecher in meine Augen. Die Wimpern haben begonnen auszufallen und segeln langsam auf die nackten Schenkel hinab. Der Leim zerläuft zwischen den Schenkeln wie Ausfluss. Ich sehe Hrn. Heinrichs Schatten im Flur, er ist auf Mäusejagd, ich höre das Abspringen und gleich darauf den fast lautlosen Aufprall seiner Pfoten, das Schmatzen beim Verschlingen der Beute. Bis zum Morgen hat er mit den erhaschten Tieren eine blutige Spur durch den Raum gezogen. Nachts kann ich die Mäuse hören, sie werden mehr und mehr, sie nagen am Holz, fressen sich langsam durch die Wände. Tagsüber halten sie still. Heute ist es so klar, dass ich bis zum Park und weiter zum Wald mit den ausgezehrten, schwarzen Stämmen sehen kann. Ich weiß, bis der Nebel kommt und das Haus einhüllt, ist es nur eine Frage der Zeit, aber heute kann ich weit sehen, bis zum Gasthaus, wo die Wirtin am Fenster steht und zu mir blickt. Ich sehe sie die Tür schließen und die Straße überqueren. Sie marschiert vorm Haus auf und ab. Vielleicht wundert sie sich darüber, dass sie seit Anfang Dezember nichts gehört und gesehen hat und ihr überdies niemand erzählt hatte, dass die Mieter die Stadt verlassen wollten. Vielleicht hat sie das offenstehende Fenster entdeckt und sich gewundert, warum niemand bei ihr, der Hüterin des Ortes, einen Schlüssel abgegeben hatte, sodass jetzt der kalte Dezemberwind das Haus durchpusten kann. Sie kommt die Treppe zur Haustür hoch, klopft. Das Klopfen hallt durch die leeren Räume. Schritte auf dem Kies. Sie geht ums Haus, mehrmals, bevor sie stoppt und an das einen Spalt offenstehende Fenster tritt. Die Gestalt wird größer und ihr Schatten fällt auf mich. Schirmend hebt sie die Hand an die Augen, blickt ins Wohnzimmer und mich direkt an. Sie runzelt die Augenbrauen, lässt den Blick weiter durch den Raum gleiten. Sie ruft und schreit, blickt dann wieder zu mir, tastet mit Blicken mein Gesicht ab, als versuchte sie die Lage zu erfassen. Dreimal schlägt sie mit den Fingerknöcheln gegen die Scheibe, erhält aber keine Antwort.

Ich sitze im Stuhl am Fenster und kann von der Straße her helle Stimmen hören. Das Rudel Nachbarskinder nähert sich dem Haus. Ich sehe sie die Straße überqueren, sie kommen vorsichtig näher, ziehen sich sogleich wieder rücklings zurück, langsam, als würde sie ein Gummiband ans Haus binden. Sie murmeln, und als sie wieder aufs Haus zusteuern, kann ich ihre harten Schuhsohlen auf dem Kies hören. Die Kinder liegen auf dem Boden hinter der Hecke, sie singen, die Deutschen, les Allemands, und durch die kahle Hecke hindurch sehe ich einen brennenden Torso im Garten nebenan. Er brennt schwarz, die Brust sinkt in sich zusammen. Die Kinder murmeln, die Deutschen, les Allemands, rufen sie, lauter. Sie ducken sich. Sie haben Streichhölzer. Sie verbrennen die Vogelscheuche im Garten, Aschefetzen wirbeln durch die Luft, das Stroh geht in Rauch auf. Gliedmaßen aus Feuer an einem Torso. Ein ausgefranster Rand um das Schwarz. Die Kinder hauen ab, schleichen sich wieder an, rufen, die

Deutschen kommen, les Allemands. Eines hat einen Stein in der Hand. Und dann ist da eine große Bewegung, direkt neben mir, über und neben mir, ein Klirren und die Luft zerbirst. Ich schließe die Augen.

Der Wannsee ist undurchdringlich grün vor Algen. Bei den Aufräumarbeiten wird der Müll verbrannt, über den Strand verteilt kleine Feuer, fast schon niedergebrannt. Die Arbeiter stehen im Kreis um die weiße Asche, starren in die Glut, die aufreißt wie ihre Augen. Ihr gedämpftes Murmeln wird über den Sand getragen. Abfall wird beseitig Exkremente am Wegrand belassen. Kleine, dunkle Flecken aus Urin und Samen auf dem Waldboden. Die Jugendlichen kopulieren auf den Motorhauben, ich sehe sie wie Straßenhunde fläzen, einen Moment angeleuchtet von den Scheinwerfern der von der Landstraße abbiegenden Autos. Weit entfernt durchschweifen entlang der Havelchaussee ununterbrochen abgeblendete Lichtkegel die Nacht.

Der Nebel lichtet sich, und die Wirtin, die schon den ganzen Tag am Fenster gesessen und zum Haus herübergestarrt hat, steht auf und macht sich auf den Weg. Ich höre ihre Schritte auf dem Kies, während sie ums Haus geht, bevor sie schließlich klopft. Dreimal schlägt sie mit den Fingerknöcheln an die Tür, dann steckt sie den Schlüssel ins Schloss. Beim Öffnen der Tür fällt Licht in den Flur. Hr. Heinrich kommt der Wirtin entgegen, und ich höre sie abwechselnd mit ihm reden, flüstern und Hallo rufen, sie ruft Hans' Namen, dann meinen. Die Bodenplanken knarzen, als sie über die Schwelle in den Flur tritt, und ich höre ihre Schritte von oben, leichter als die wollsockigen von Hans, hin und her, über dem Wohnzimmer, in dem ich sitze. Sie kommt die Treppe herunter und dann steht sie in der Tür. Hr. Heinrich streift ihr um die Beine. Und wie ich dasitze, mit einwärtsgedrehten Fersen, gespreizten Schenkeln, wünsche ich mir etwas, womit ich mich schützen könnte. Das Gesicht der Wirtin ist rot und aufgedunsen. Von meinem

Stuhl am Fenster konnte ich sie den ganzen Vormittag hinter ihrem Fenster trinken sehen, kurzatmig durchstreift sie das Wohnzimmer. Sie öffnet Schubläden und Schränke. Zieht an einer Ecke des Tischtuchs voller Rotwein- und Mayonnaiseflecken, auf diesem Tisch, der dasteht, als wären die Gäste gerade eben vom Essen aufgestanden. Und wundert sie sich, warum niemand den Tisch abgeräumt hat, dass Teller und Gläser unverändert stehen, wie man sie nachts zurückgelassen hatte? Dann dreht sie sich um und sieht mich an und sieht geradewegs durch mich hindurch. Und ich verschwinde in ihrem Blick. Ich schließe die Augen, doch die Wirtin durchstöbert das dem kalten Dezemberwind geöffnete Haus, durchwühlt Schubladen und Schränke. Kramt in meinem Schlafzimmer nebenan. Als sie wieder in der Tür erscheint, trägt sie meine Kleider. Den schwarzen Plisseerock und die Organdybluse, an der sie prüfend herumzupft, während sie durchs Zimmer schreitet, mit dem Daumen über die Brust streicht, die

Haarnadeln in den hochgesteckten blondierten Haaren richtet, den Rock und die Bluse, die ich sorgfältig gefaltet aufs Bett gelegt hatte, als ich schlafen gehen wollte. Sie sucht nach einem Spiegel, dreht und wendet sich, murmelt, die Deutschen, les Allemands, und spuckt aus. Sie tritt auf die Glasscherben. Ruckelt am Stuhl, damit sie vorbeikommt, und hebt hinter mir ein großes Glasstück vom Boden auf, es spiegelt eines ihrer Augen. Sie ruckelt heftiger am Stuhl, ich spüre es kaum, nur einen kleinen Pulsschlag, einen Stoß, der den Körper bewegt, die Schenkel, die sich von der Sitzfläche kurz abheben, die Knie, die wackeln, den Arm, der sich im Schoß rührt. Die Wirtin beugt sich zu Hrn. Heinrich und streichelt ihm übers Fell, sagt zu ihm: die Deutschen, die Zwillinge, die immer getrennt ihre Wege gemacht haben, nie zusammen. Sie habe mich durchs Fenster gesehen, wie ich Eimer voll Gips vom Laden nach Hause schleppte. Wie ich den Stoff aus dem Fenster riss, wie ich den weißen Stoff an der Leine baumeln ließ. Wie ich das weiße Tuch auf dem Gras ausbreitete und mich darauflegte und in den Himmel blickte, während Schatten und Sonne über mein Gesicht zogen. Wie der Stoff Tag für Tag an der Leine hing und flatterte und ausblich, und Hans, der zeichnend im Schatten des Lindenbaums saß, bis es Abend und kalt wurde, und wir beide im Haus verschwanden. Sie richtet sich auf, streckt die Scherbe vor, und ich kann durch das Glas ihr Gesicht sehen, einen abwesenden Blick, während sie sich in meinen Kleidern dreht, sich spiegelt, der schwarze Plisseerock, den mir Hans geschenkt hatte, die ganz zarte Organdybluse und das Samtbändchen, das um meinen Hals gelegen hatte. Sie bindet sich das Samtband um. Die Wirtin murmelt, les Allemands, die Deutschen sind fort, das Haus steht leer. Und sie habe uns auf der Straße gesehen, wie wir Eimer voll Gips schleppten. Sie sieht mich an und sieht geradewegs durch mich hindurch, und das ist dann wohl ihr Werk. Jedenfalls kein Mensch, murmelt sie, keine Frau und kein Mann, sagt sie zu

Hrn. Heinrich. Und was ist da eigentlich zwischen den Beinen? Etwas Glattes, Hartes, ist das eine Frau oder ein Mann? Sie verschiebt den Stuhl mit dem Fuß, und ich sehe, dass die Wirtin den Stein aufhebt, den die Kinder durch die Scheibe geworfen haben. Die Wirtin wiegt den Stein in der Hand. Und bekommt sie da nicht Lust, den Stein in das wachsglänzende, unter der Nase abblätternde Gesicht zu schleudern? Das Gesicht, das sie anstarrt, zu zerschmettern. Sie geht um den Stuhl, zieht an den Haarspitzen meinen Kopf in den Nacken und greift mir zwischen die Beine. Was ist das, wenn schon kein Mensch? Etwas Glattes, Hartes. Weder Mann noch Frau. Und jedes Stück, jeder Teelöffel Zucker, den sie in ihren Kaffee gebe, verwandele sich zu Staub, erzählt sie Hrn. Heinrich. Und hat sie da nicht Lust, den Stein mit voller Wucht gegen den Körper zu schleudern, damit der Gips birst, der Schädel zerschmettert wird? Und was für einen Saustall sie hinterlassen haben, murmelt sie, bald müssen sie das Haus ausräumen, sagt sie zu Hrn. Heinrich, nicht einmal ihre Kleider haben sie eingepackt, aber noch vor Ende des Monats soll das Haus geräumt und gereinigt werden, dafür werde sie schon sorgen, damit die neuen Mieter einziehen könnten. Wenn sie wenigstens Bescheid gegeben hätten, mit einem Brief, einem Telegramm, aber stattdessen verschimmele das Haus im eisigen Winter, und dabei seien sie doch angeblich Künstler und zuerst von Berlin nach Paris und jetzt nach Ermenonville gezogen, um zu arbeiten, um alles auseinanderzunehmen. Nein, jetzt müsse sie wieder gehen, sie halte es hier nicht aus, in diesem Rattengestank. Und wäre da nicht das Starren aus dem Lehnstuhl, würde sie den Stein werfen, aber sie müsse jetzt gehen, sagt sie und legt den Stein auf den Tisch und macht sich in meinen schwarzen Kleidern auf den Weg.

Der Urin zieht in die Bodenplanken unterm Stuhl, sie quellen auf. Dunkle Rinnsale, aufgesaugt vom groben Holz. Hr. Heinrich schnuppert an dem Fleck unter mir, sein Schwanz streicht mir um die Beine und er verschwindet unter dem Stuhl. Mäuse huschen durchs Zimmer, hinter die Wandpaneele. Ratten mit schlängelnden Schwänzen kommen in Grüppchen. Sie haben die Reste vom Essen bis auf den letzten Krümel verschlungen, auch die Scheibe Brot ist fort. Jetzt knabbern die Ratten an mir. Ihre Zähne malmen, sie hängen an meinem Fuß, haben sich bis auf den Knöchel vorgenagt. Ich wünschte, Hr. Heinrich käme und fräße sie. Ich versuche, ihn mit einem Blinzeln zu locken, aber er gehorcht nicht, streift ums Stuhlbein, streckt den Rücken lang und verschwindet wieder in die Flurdunkelheit. Der Luftzug durchs Haus ist mein Atem, die Luft wird aus mir gesogen, die Lungenflügel, herausgezerrt durch meinen Schlund, hängen drapiert vor mir. Wir stoßen über den Tisch hinweg an.

Hans flüstert mir etwas zu. Er flüstert dicht an meinem Ohr, dass sie die Puppe kaufen wollten. Mrs Copley streicht mir über den Rücken, und ich zucke zusammen, sie muss die ganze Zeit irgendetwas betatschen, das ihr nicht gehört, nun Hrn. Heinrich, der mit Katzenbuckel von Mrs Copleys Schoß auf den von Mr Copley springt. Mrs Copley ist die Kunstkennerin von uns, sagt Mr Copley und schenkt mir noch ein Glas von dem Wein nach, den sie aus Paris mitgebracht haben, und das sei schon was, von Berlin nach Paris zu fahren, einmal quer durch Europa, um uns hier in Ermenonville zu besuchen, sagt Hans. Wir rücken näher an den Tisch, und wir stoßen erneut an, und da, die Dochte in den Pupillen, kleine Flammen bewegen sich im Schwarz unserer Augen. Ich werde allmählich berauscht vom Wein, und sie hätten ganz Europa auch zweimal durchquert, um hierherzukommen, sagt Mrs Copley und lässt dabei den Blick durchs Zimmer schweifen, um uns in diesem kleinen Häuschen zu besuchen, aber wie wir hier zu zweit leben und arbeiten könnten, in diesen zugig kalten, kleinen Zimmern, das könne sie nicht verstehen. Ich antworte, das sei jetzt unser Zuhause, unser Haus. Wir seien eins mit dem Haus geworden und das Haus mit uns, und Rue Mouffetard, wo Hans und ich zuvor gewohnt hätten, sei eine kleine Wohnung, nur ein Zimmer, Küche, Wohnzimmer und Schlafzimmer in einem. Nur ein Schritt und schon habe man am Fenster gestanden. Nur ein geflüstertes Wort in einer Zimmerecke und der andere habe es in der gegenüberliegenden Ecke gehört. Wir hätten nicht aufeinander zugehen oder uns voneinander wegbewegen können, ohne dass das ganze Haus jeden unserer Schritte mitbekommen habe. Tag und Nacht, ununterbrochen, die Musik der Algerier durch die Fenster, ihre Gesänge, dieser ganze Trubel rundherum, und ob es richtig gewesen sei, hierher zu ziehen, sagt Hans, wisse er nicht mehr, und Mrs Copley nickt und lacht über die Drehspieße in den großen Bratapparaten auf der Rue Mouffetard, vor denen die Clochards träumend stehen bleiben. Und das ewige Tropfen des rußigen Fetts, sagt sie und deutet auf einen herumliegenden Kunstband, aufgeschlagen bei einer Reproduktion des Isenheimer Altars in Colmar. Den kenne sie gut. Die Dunkelheit Golgotas in all ihren Schattierungen, wie das tropfende Öl von den hähnchen grillenden Traummaschinen der Pariser Clochards. Eine Dunkelheit tiefschwarz wie das rußige Öl. Und kaum jemand sehe oder bemerke den Engel im Engelskonzert auf dem zweiten Wandelbild, gemalt in genau derselben Farbe wie Golgota, dem hysterisch schrillen Grün des Golgotahügels. Der Engel sitzt in der Bildecke, hält mit seinen ungewöhnlich langen Fingern den Bogen und streicht lautlos über die Saiten seiner Kniegeige. Aus seinem länglichen Schädel wächst ein Federkamm, und die Haut des Engels, sein armer Körper, ist beinahe vollständig mit Federn bedeckt, selbst am Hals entspringen lange, grüne Daunen. Und was nun ein Mensch sei, frage sich Mrs Copley selbst. Das Gesicht des Engels zeige nach oben, und nur das Gesicht sei nackt wie bei einem Menschen und werde von einem seltsam goldenen Licht angestrahlt. Der fellfiedrige Engel spiele im Engelskonzert, und mit seiner Anwesenheit mache sich der Engel über das Menschliche lustig, dieses Wesen halb Affe und halb Vogel mit einer zu einem menschlichen Gesicht erstarrten Grimasse, und mit seinen Affenhänden spiele der Engel für uns.

Hans flüstert mir zu, sie hätten sich bereits entschieden, sie wollten die Puppe kaufen, sie gäben ihm das Geld. Und die Unruhe in meinem Herzen nimmt zu. Wir stoßen klirrend miteinander an. Nachdem sie gegangen sind, stehe ich allein im Schlafzimmer und ziehe mich aus, falte meine Kleider, Schicht für Schicht, und als ich blau vor Kälte und zitternd nach dem Nachthemd unter der Decke greife, fällt mir das Geschirr ein. Ich weiß, dass Hr. Heinrich auf den Tisch springen und die Teller sauberlecken wird, wenn ich sie nicht wegräume, und ich gehe ins Wohnzimmer. Mit den Tellern in den Händen entdecke ich, dass ich vergessen habe, das Fenster, das einen Spalt offensteht, zu schließen. Ich setze mich für einen Augenblick auf den Stuhl. Bald werde ich schlafen, aber zuerst muss ich das Tischtuch ausschütteln, bevor ich einschlafe, die Gläser abräumen und ins Spülbecken stellen, das Fenster schließen, bevor ich schlafen gehe. Ich sitze im Stuhl und der Wind bläst durchs Wohnzimmer. Autotüren schlagen zu. Mr und

Mrs Copley nehmen Hans mit nach Paris. Ich bin allein im Haus. Die Copleys seien Bewunderer unserer Arbeit, flüstert Hans mir zu, und das sei es, unser Werk. Ich flüstere Hans zu, ja, unserer Hände Werk, mit unseren Händen hätten wir die Arbeit vollbracht, und ich sitze im Stuhl, meine Hand gegen das harte, glatte Geschlecht gestützt. Und während sich der Nebel aufs Haus legt, lasse ich alles nach innen sinken.

Die Coupés der S-Bahn sind hell erleuchtet, die Waggons schaukeln durch Berlin. Mein Atem, der aus der Lunge gepustet wird, durch die labyrinthartige Passage gesaugt, die Mund und Rektum verbinden. Mit Händen, mit Füßen klopfe ich im Takt. Es ruckelt in den Radscheiben und Achsen, die mich durchs Walddunkel an Grunewald vorbei nach Wannsee bringen, wo der Zug endet.

Die Wirtin macht sich auf den Weg, steuert über die Straße aufs Haus zu. Ich höre ihre Schritte auf dem Kies, aber diesmal betritt sie das Haus nicht, sondern schließt von außen die Fensterläden, erst vor dem einen Fenster, dann vor dem mit der zerbrochenen Scheibe, dann macht sie kehrt, und ihre Schritte entfernen sich über den Kies. Und es fühlt sich an, als würde mein ganzer Körper mit lautem Schreien gefüllt. Die Dunkelheit zeichnet alles mit schwachen Konturen, und von hier, wo ich sitze, am verschlossenen Fenster, höre ich Weingläser zerbrechen. Die Ratten, die über meinen Schoß flitzen, stoßen mit ihren langen Schwänzen dagegen, und die Gläser fallen zu Boden und zersplittern. Wenn der Wind durchs Haus bläst und die Glasscherben über den Boden schiebt, klirrt und knistert es leise. Hr. Heinrich streunt durch den Flur, nur noch ein dünner Schemen, ich kann ihn nicht hereinlocken, wie sehr ich auch blinzle. Mit gerecktem Schwanz macht Hr. Heinrich einen Katzenbuckel, springt ab, schnellt hoch und hüpft von Mrs zu Mr

Copleys Schoß und alles gerät in Bewegung: die Dochte in unseren Augen, die in der Papiertüte am Abwaschbecken raschelnden Krabbenskelette. Ich schiebe die Tüte mit dem Fuß beiseite, als ich das Dessert auftrage, gebackene Bananen mit Mandeln und Vanillecreme, Cognac, Sliwowitz und Wodka. Kleine Krabbenaugen starren zu mir hoch. Die Krabbenköpfe sind restlos ausgeschabt, und im Weggehen schiebe ich die Tüte mit dem Fuß unters Abwaschbecken, während Hr. Heinrich zwischen meinen Beinen hindurchschlüpft und eine Pfote ins Papier steckt. Mr Copley füllt die Gläser mit Sliwowitz von russischen Freunden, süßer Pflaumenbrand, und diese Musik der Algerier, sagt Hans, diese Musik in der Rue Mouffetard, und wenn er über Paris nur spreche, höre er diese Musik wieder, verlangsamt durch die Wände des Hauses hier. Unsere Nachbarn hätten ihr Grammophon morgens, mittags und abends laufen lassen, manchmal auch begleitet von Händeklatschen und Füßestampfen, deshalb hätten wir kein Grammophon gebraucht, keine Musik, denn wir konnten sie durch die wanzenbefallenen Wände der Rue Mouffetard hören, und erst hier in Ermenonville, wo wir unsere eigenen Lieder abspielten, wo es so still sei, dass wir selbst unsere Schritte als störend empfänden, umgeben von Wänden aus Stein, vermisse er die Lieder der Algerier. Der Nachbar unter uns sei ein Saufbruder gewesen, ein wankender, schwankender Truthahn, der den Wasserhahn auf dem Höfchen mit Blut beschmierte und durch die Gitterstäbe seines Fensters ein Lied heulte, und deshalb sei es in der Rue Mouffetard nie still gewesen, um uns habe immer irgendwer gestritten, geweint oder gesungen, ein zermürbendes Dauernerven durch die gestreiften Wände, die wir bei Frühlingsbeginn gegen die Wanzen mit Petroleum tränkten, und Paris, sagt Hans, habe ihn Berlin vergessen lassen, und Hans beugt sich vor, und jetzt sind die Gläser voll. Und der Franzose, der dritte Besatzer Berlins, sagt Mr Copley, hält den Goldfisch gegen die Sonne, sieht wie die Gräten in der Flosse, dünn wie Nähnadeln, das transparente Fischfleisch aufspannen, dieses einem kleinen Segel oder Ruder gleichende Fischfleisch, das mit rhythmischen Flossenschlägen den Körper durchs Wasser bewegt hat, geschmeidig und kräftig zugleich, und diese schwarze Pupille in dem gallertartigen Ring, das angstvoll von der Handfläche emporstarrende Auge, und der kleine Klecks milchartigen Schleims in der Hand nach dem letzten Atemzug des Fischs. Ich nehme den Salzstreuer und streue Salz aufs Tischtuch, und das Salz saugt sich voll Rot, und als ich es wegbürste, bleibt ein großer ausgeblichener Fleck. Weiß wie ein Stück Papier, ob sie gesehen hätten, dass ich wie ein Blatt blankes Papier aussähe, sagt Mrs Copley und verbietet Mr Copley, mir noch mehr Sliwowitz einzugießen, kneift mir in die Wange, der Nagel bohrt sich in meine Haut, während sie mir nachschenkt, Cognac, und als ich das Glas zum Mund führe, beobachtet sie mich und nickt mir zu. Starrende Krabbenaugen, und Hans' Musik der Algerier, die schwarzen Augen und die Musik der Algerier, und während der Abend fortschreitet, wünsche ich mir überhaupt nichts mehr, nicht einmal, dass Mr und Mrs Copley gehen. Ich sitze auf dem Stuhl, mit der Hand im Schoß, und sehe die Dochte in unseren Augen. Ich beuge mich über den Tisch, Ekpyrosis, sage ich, und da wird es still. In der Stille füllt Mr Copley wieder die Gläser, und dann lachen wir alle vier, stoßen klirrend miteinander an, der Weltenbrand, Mrs Copley nickt, Ekpyrosis, der fellfiedrige Engel spielt, sagt sie und greift nach meiner Hand, die kleine raue Hand in meiner. Die Stoiker hätten vom Weltenbrand gesprochen, jener großen Bewegung, die die Welt zu Feuer werden lasse, und dadurch werde die Welt wiedergeboren, und der Goldfisch schwimmt in immer kleineren Kreisen, sagt Mr Copley, der Goldfisch, auf den der Franzose, der dritte von Berlins Besatzern, seinen Schatten wirft, mit seitlich geneigtem Kopf, beobachtend, das klare eisblaue Wasser, in dem der Fisch aus Angst seine Kreise verkleinert, als wüsste er, dass er bald an der reinen Luft ersticken wird. Der Franzose hält den flossenlosen Fischkörper, den kleinen, glatten Körper, der etwas Blut, etwas Schleim spuckt, ein elektrisches Zittern in seiner Hand, und der misshandelte Fischkörper sinkt auf den Grund des tiefen Sees, die nach Luft ringenden, pumpenden Kiemen, sagt Mr Copley, und die Welt durchläuft eine große Verwandlung. Mrs Copley streicht Hrn. Heinrich über das weiße Fell, und wir füllen die Gläser, die Musik der Algerier sei eine durch die Wände dringende Zermürbung gewesen, sagt Hans, eine alles durchdringende Zermürbung. Ich trage die Teller ab und koche Kaffee, kippe den Kaffeesatz aus dem Filter, lasse die kleinen schwarzen Körnchen, die mit dem Wasser in den Abfluss gesogen werden, nicht aus den Augen, während Hr. Heinrich mit der Schnauze gegen die Papiertüte stößt, mit den Pfoten eine leere Krabbenschale herausangelt und über den Boden schubst, und die zwei starren, schwarzen Krabbenaugen blicken uns an. Und wo das Menschliche ende?, fragt Mrs Copley, der Engel in der Ecke des Isenheimer Altars wird durch sein Fellfederkleid getarnt, er spielt mit seinen felligen Affenhänden und diesen grünlichen Federn an den Flügeln. Und der fellfiedrige Engel, ganz oben in der linken Ecke, spielt, ohne dass wir es sehen, hören. Und sei er nun ein Mensch, oder ein Wesen an der Grenze dessen, was wir kennen, ein Affe, ein Vogel, teils, teils, der fellfiedrige Engel, wie ein Teil der Welt, jener großen Bewegung, die die Welt zu Feuer werden lasse, sagt Mrs Copley mit klirrender Perlenkette, ja, und Mr Copley nickt, ein Zustand von Licht und einer von Licht erfüllten Welt.

Ich gehe am Wannsee entlang, in einer Hand die Gaslaterne, in der anderen eine Schere, barfuß am Ufer des Spiegelsees. Ich habe auf den Sonnenuntergang gewartet, während der letzten Stunde vor Schließung. Ich begegne niemandem. Gehe über den Sand, und die Mücken tanzen mir ums Gesicht, erst als ich im Wald bin, entzünde ich die Laterne. Die Flamme brennt niedrig. Im Boot raffe ich das Segel und nähe es zu einem Sack. Ich schneide mir alle Haare ab, bis auf die Kopfhaut, halte einen Zweig in die Flamme der Gaslaterne und senge mit der glühenden Spitze die Augenbrauen ab. Ich ziehe den Rock nach unten und schere die Haare um das Geschlecht. Die Haarsträhnen stecke ich in den Sack und der Sack bleibt auf dem Schiffsboden liegen. Ich stehe auf und erhebe die Laterne, ich schwenke sie höher und höher, bewege den Arm in immer größeren Bögen, bis die Laterne die Reling trifft und Flammen emporschießen.

III

Ich, Unica

Ich höre Schritte im Haus, und ich weiß, es sind Hans' Schritte. Hans ist zurück. Er flüstert mit Hrn. Heinrich. Er ruft nach mir. Als er versucht, das Licht anzuknipsen, klickt es, aber es wird nicht hell. Er ruft fragend, wo ich sei, und tastet sich dabei langsam durchs Flurdunkel. Ich sehe seine Silhouette in der Tür, er steht wippend auf der Türschwelle und fragt, warum ich im Dunkeln säße, ob das Licht ausgegangen sei, legt den Schalter mehrfach um und macht dann kehrt. Er geht ins Zimmer nebenan, ich höre ihn klappern und lärmen, einen Schrank öffnen, und dann dreht er am Anzünder der Gaslampe, die wir seit September nicht mehr benutzt haben. Das Licht flammt auf, blendend hell am Ende des Flurs. Hans steht in der Tür, die Lampe erhellt sein Gesicht. Er macht einen Schritt ins Wohnzimmer. Das Licht fällt auf den Tisch, auf das fleckige Tischtuch und die Glasscherben, die unter seinen Sohlen knirschen. Er streckt die Hand nach mir. Wenn ich nicht gleich aufstehen würde, käme er zu mir. Er lacht und beleuchtet mein Gesicht, und dann sagt er nichts mehr, sondern steht mit erhobener Lampe da. Und nachdem er mich gesehen hat, ist sein Gesicht nicht mehr wiederzuerkennen, verzerrt, entgleist. Er sieht mich an und sieht weg.

Bevor wir uns in Berlin begegneten, sagt Hans am Tisch und knüllt seine Serviette zusammen, im selben Jahr, hält mein Zug an der Station Westend. Der Krieg war gerade zu Ende, und er ist zurückgekommen, um seine Mutter in der Bellermannstraße zu besuchen, und in ganz Berlin ist tiefster Winter, sagt Hans, die Luft voll mit Kohlenstaub wie loses Insektengebein, und er erkennt seine Stadt nicht wieder. Statt in Westend umzusteigen, wie sonst, geht er unter dem Bahnsteig hindurch auf den menschenleeren Platz. Er steht zwischen den Steinen. Sorgfältig gestapelten Steinen. In feinen Haufen. Er weiß nicht, wohin mit sich, er friert und setzt sich hin. Und obwohl er weiß, dass er wieder aufstehen sollte, dass er sich bewegen sollte, im Kreis gehen, die Arme hart gegen die Brust schlagen, an den Schienen auf und ab, sitzt er zwischen den vom Staub mattgrauen Steinen. Die Steine sind riesig, zu schwer, als dass man sie wegtragen könnte. Die Steine werden täglich schwerer. Und wer hat schon die Kraft, Steine zu bewegen, die einmal ein Haus bildeten, in dessen Mauern Menschen umhergingen, sagt Hans am Tisch zu Mr und Mrs Copley, und inmitten der Ruinen blickt er erst hoch, dann zu Boden und entdeckt, dass seine Füße wie die Steine um ihn bedeckt sind, von einer dünnen Schicht Frost und Staub. Seine Kiefermuskeln verkrampfen sich, der Nacken wird steif. Die Zunge sinkt wie ein Lot durch den Körper in die Tiefe. Und schließlich kann er sich nicht mehr bewegen, der Körper fühlt sich nicht mehr an wie sein Körper, der Körper wird kleiner und kleiner, oder die Steinmenge nimmt zu, die Steine wachsen in dem sattorangenen Licht zu einem Gebirge, an diesem Winternachmittag, und da kauert er sich am Fuße dieses Gebirges zusammen, klein wie ein Kätzchen, eine geballte Faust, und es beunruhigt ihn, auch wenn er im Wohnzimmer seiner Mutter liegt, direkt neben dem weiterhin brennenden Kohleofen. Er spürt die Kälte des Platzes, und sieht die Steine, die keiner je wegtragen kann, und er dreht und wälzt sich im Bett seiner Mutter und schläft nicht mehr ein.

Hans streckt die Hand aus und nimmt meine. Aber seine Hand fühlt weder Wärme noch Kälte, so wie meine Hand keine Wärme oder Kälte abgibt. Hans fragt, ob mir kalt sei, und seine Hand zittert wie die eines Frierenden. Hans stellt die Gaslampe auf das Fensterbrett neben mir, verschwindet und holt den karmesinroten Mantel, legt ihn mir um die Schultern.

Die Zeit vergeht, sagt Hans, während er sich nach der Dochtschere streckt, dass es gerade mal einen Sommer her sein soll, eigentlich nur ein paar Monate, seit wir durch die dunklen Metroröhren zum Gare de l'Est geschleust wurden, um von dort die Stadt Richtung Nordwesten zu verlassen, im gleichmäßigen Gluckertakt des Zugs, während die Vorstadt vor unseren Blicken verschwand, an einem Sonntag, bis wir die großen Wälder vor Paris erreichten. Und wir seien an einen Ort gelangt, erzählt er weiter, wo die Bäume nicht mehr so dicht gestanden hätten, und die Erde abgesunken sei, und eben dort, am Grund dieser Kluft, seien die Wurzeln der Bäume durch die Erde hervorgebrochen, und wir hätten uns gefühlt wie im tiefsten Regenwald. Nur wir beide, sagt Hans, zwischen Brombeerranken und den Wurzeln voll Larven, Insekten und Dunkelheit. Und weil wir von diesem Ausflug, bei dem wir zwischen den dicken Trieben des Wurzelgeflechts unseren Korb voll Käse, Wurst, Wein, Ölsardinen und Brot geleert hätten, ganz beglückt nach Hause gekommen seien, hätten wir entschieden, Paris zu verlassen. Und er habe mein Gesicht unter dem Blattwerk betrachtet, in einem giftgrünen Licht, ich hätte glücklich ausgesehen, sagt er und kürzt den letzten Docht. Aber dass ich hier in Ermenonville Tag für Tag mit gefalteten Händen im Schoß am Schreibtisch säße, obwohl die Schreibmasche vor mir auf dem Tisch stehe, dass ich anstelle zu schreiben, mit dem Nähen begonnen hätte, verstehe er nicht. Er wisse nicht, worüber ich nachdächte, Tag für Tag, mit dem über meinem Rücken liegenden langen Zopf, so tief in mir verborgen, dass ich ihm nicht antwortete, so weit weg, dass ich mitunter nicht einmal bemerkte, wenn er im Raum sei, und ob ich nicht genau darauf gewartet hätte, fragt Hans, dass dieser Brief kommt?

Ich höre im Zimmer nebenan jemanden weinen, und ich weiß, es ist Hans. Erst verstehe ich nicht, warum, aber nun weiß ich, er weint um mich.

Ich sitze auf dem Stuhl, und von meinem Platz aus sehe ich Hans im Flur auf und ab laufen. Hans füllt einen Eimer mit Wasser und gibt Seifenspäne dazu. Er geht vor meinen Füßen auf die Knie. Er schrubbt die dunklen, uringetränkten Bodenplanken. Hans sieht mich nicht an, spricht nicht mit mir, aber ich habe dennoch Lust, ihn zu berühren. Ich wünsche mir so sehr, dass er mich berührt, ich zerspringe beinahe. Ich möchte, dass er von Paris erzählt, ich möchte ihn fragen, was er getan, wen er getroffen hat. Ob er mit Petit in dem chinesischen Restaurant war, ob sie, wie wir sonst, kandierte Nüsse gegessen haben, und ob die Fischhändler sangen, wetzten sie ihre Messer, und ob die Fischschuppen in der Sonne funkelten, ob Äpfel, Pfirsiche, Auberginen im Sonnenlicht glänzten, und ob er am Fenster gestanden hatte, um dem Straßenlärm zu lauschen. Konnte er die Musik der Algerier hören, und war alles wie zuvor in der Rue Mouffetard, in der kleinen Wohnung, die wir im Sommer verlassen hatten. Aber Hans erzählt mir nichts.

Er schrubbt beharrlich den Boden, der noch gleich dunkel ist wie zuvor. Hans ist zurück. Er sucht nach einem Besen, und ruckelt beim Auffegen der Glasscherben am Stuhl, und obwohl er vorsichtig um die Stuhlbeine herumfegt, stimmt mein Körper in einer jähen Bewegung ein, die Schenkel heben sich, alles im Takt. Hans bewegt sich, und ich bewege mich, wir sagen nichts, aber als er am Stuhl ruckelt, bewegen wir uns im Takt, und es ist wie ein Tanz, meine Schenkel bewegen sich, meine Knie zittern, die Hände im Schoß und ich tanzen.

Hans hebt mich vom Stuhl und legt mich auf den Boden. Er legt sich neben mich, auf den Rücken, wie ich auch. Er berührt mich nicht, aber ich höre und sehe, wie sich sein Brustkorb im Takt meines Atems hebt und senkt. Mein Atem ist der Wind durchs Haus, der Luftzug durch die Zimmer, unter dem Hans erschauert. Hans zittert, und ein Netz aus blauen Äderchen überzieht seine Nase und Wangen. Trotzdem bleibt Hans neben mir. Und von hier, wo ich liege, kann ich die Decke sehen, Spinnweben und den von langen Rissen durchzogenen Putz. Den Tisch kann ich nicht mehr sehen, und das Tischtuch mit dem Weinfleck von dem Glas, das Hans umgestoßen hat, und als Mrs Copley aufsteht, um auf die Toilette zu gehen, scharrt ihr Stuhl. Während sie draußen ist, leert Mr Copley die Flasche, streicht über den Rand des Weinglases und erzählt von einem Fest vor einigen Jahren in einem Haus in Berlin, in der sowjetischen Zone, nördlich von Weißensee. Und in der blauen, alles verhüllenden Dämmerung, Schorf und Ruß, hätten sie sich aufgemacht, über einen sich ewig durch den Wald schlängelnden Kiesweg, der schließlich an einer Lichtung geendet habe, auf der das Haus stand. Dort hätten bereits mehrere Wagen geparkt, britische und amerikanische, und die Wirtin des Abends, die in dem weiß gestrichenen Haus aus Beton lebte, habe sie als Pierrot empfangen, denn so habe man sie genannt, die Eigentümerin, die wegen ihres hohen Alters fast männlich aussah. Sie habe ein kalkweißes Kleid getragen und sich die Augenbrauen direkt auf die Haut gemalt, sagt Mr Copley und zieht im Versuch zu erklären wie, die Augenbrauen hoch. Und man habe ihnen die ganze Zeit russischen Champagner nachgeschenkt, randvoll gefüllte Gläser hätten auf großen ovalen Glastischen auf der Veranda mit Aussicht über den Wald gestanden. Dort hätten auch die Gäste die ganze Nacht verbracht, manche tanzend, und im Morgengrauen habe sich die Gruppe geteilt, die einen wollten in dem kleinen See im Wald baden, und die anderen blieben zurück. Wir sahen ihnen hinterher, sagt

Mrs Copley, die sich einen Schal um die Schulter geschlungen hat und wieder ins Wohnzimmer kommt, wir sahen sie auf dem Kiesweg zwischen den Bäumen verschwinden, und da kroch die Kälte des Walds in uns, aber wir blieben sitzen, obwohl wir froren, und jetzt sind sie weg, habe die Gastgeberin Pierrot gesagt, als wären sie nie da gewesen, verschlungen vom Wald, und ihre Stimmen schienen sich verändert zu haben, seien tierisch, tief, fast unkenntlich geworden, und sie habe sich gefragt, wo nun diese unsichtbare Grenze verlaufe, an der der Mensch kein Mensch mehr ist, sondern sich in etwas anders verwandelt.

Wir liegen nebeneinander auf dem Boden. Nah aneinander und dennoch getrennt. Die Gasflamme flackert blau. Hans streicht mir durch die Haare, erst langsam, dann schneller. Er wickelt mit dem Finger eine Haarsträhne auf und zieht an ihr, ein kurzer Ruck, damit sich mein Kopf bewegt. Er nimmt meine Hand und hebt sie hoch. Seine erste Berührung durchfährt mich wie ein Stromschlag. Und obwohl gleich ein Stechen folgt, ein splitternder Schmerz, wünsche ich mir, dass er mich noch einmal berührt. Er wendet meine Hand und legt sie auf seine Brust. Die Hand bewegt sich, wenn Hans atmet, ein und aus. Meine Hand ist nicht warm, nicht kalt, so wie ich auch nicht spüren kann, ob Hans friert oder glüht. Dann führt er die Hand zurück, mir selbst auf die Brust. Nun liegen wir so nah, dass sich unsere Arme und Schultern berühren. Und ob der kleinen Bewegung des Körpers, wenn Hans atmet, ein und aus, verspüre ich ein winziges Zittern. Hans rollt sich auf mich, bettet meinen Arm um. Seine Brust prallt gegen meinen harten, glatten Brustkorb. Er stößt rhythmisch gegen mich, aber mein Geschlecht ist glatt und hart, und seine Bewegungen werden energischer, entschiedener, sodass mir Schleim und Spucke über die Wange rinnen, er macht sich schwer, presst sich an mich, presst sein Geschlecht gegen meins, kann aber nicht in mich eindringen. Hans windet sich auf mir im Krampf. Mein Kopf schnellt zurück, der Schädel gegen den Boden, die Wirbel im Rücken knirschen, und trotzdem wünsche ich mir, dass er weitermacht, dass er nicht aufhört, und für einen Augenblick verschwinde ich, sinke durch den Boden, und etwas Weißes wird verstreut, rieselt in meine Augen. Eine innerlich strömende Wonne.

Ich stehe auf und befülle den Salzstreuer und streue mehr Salz auf den Weinfleck. Ich betrachte das Häufchen Salzkristalle, die sich beim Aufsaugen des Weins langsam rot färben. Und bei jenem Fest in dem weißen Haus in der sowjetischen Zone habe jemand die Bilder erwähnt, sagt Mr Copley, die Bilder von der Puppe, als sie zusammensaßen, und der Morgen graute, mit einem Licht so klar und weiß, als wäre er im Reagenzglas destilliert worden. Und im Laufe des Morgens, sagt Mr Copley und dreht dabei die Weinflasche in der Hand, seien Schreie und Lachen vom See her weniger geworden. Pierrot habe einen Kreis von Gin und starkem Schwarztee trinkenden Zuhörern um sich versammelt, und im Morgenlicht hätten sie sehen können, wie der Puder von Pierrots Wange rieselte und braune Leberflecke enthüllte, und Pierrot habe gesagt, da nun alles transparent flirre und sich der Wald geschlossen habe, vollständig verhüllt, habe sie doch weiterhin das Gefühl, dass die Wälder um

Berlin so lebendig seien wie während des Kriegs. Denn während des Kriegs, habe Pierrot erzählt, seien nachts Deserteure zum Haus gekommen, ums Haus geschwirrt. Sie habe Brot und Milch auf die Türschwelle gestellt, und die Menschen aus dem Wald hätten es genommen und kleine Zeichen zurückgelassen, Zweige und Zapfen in einem Muster, sodass sie ihnen am nächsten Abend erneut etwas zu essen nach draußen gestellt habe. Sie habe sie über den Rasen verschwinden sehen und mitunter gezweifelt, ob es Schatten oder Menschen gewesen seien, ob sich nur abends der Wald in Bewegung gesetzt habe, aber dann sei ein Mann zum Haus gekommen, zwei Jahre nach Ende des Kriegs. Völlig desorientiert, offenbar auf der Flucht, aber er habe ihr nicht sagen können, vor wem er flüchtete oder wohin er wollte. Er sei völlig erschöpft gewesen, also habe sie ihn ins Bett gebracht und ihn ausgezogen, eine Schüssel Wasser geholt und ihn gewaschen, zwei Jahre nach Ende des Kriegs, habe Pierrot wiederholt, und trotzdem noch in Uniform, die fast schon mit seiner Haut verschmolzen gewesen sei, und sie habe die Fasern aus den alten Narben gelöst und die zwei Stümpfe gewaschen und versorgt, seine zerfransten, gekürzten Arme, wie in ein Säurebad getaucht. Das Narbengewebe sei glatt, weich und zartbläulich gewesen, und Pierrot habe es vorsichtig mit einem Finger berührt und dann mit dem Lappen über die Haut gestrichen. Mr Copley beugt sich über den Tisch zu uns, leert sein Glas. Und an jenem Morgen, als Pierrot diesen Kreis um sich versammelt hatte, sagt er, habe ein Gast die Puppe erwähnt. Ein nie zuvor gesehenes Wesen, Gliedmaße, ein für die Kamera drapierter, zerstückelter Körper, und da hätten sie zum ersten Mal von der Puppe gehört. Und dann habe er ein anders Mal, zufällig, einen Mann getroffen, einen Buchhändler in Berlin, und der habe eine kleine Sammlung Fotografien besessen, die er auf dem Ladentisch präsentierte, herausgezogen aus Kuverts und Umschlägen, vom Staub freigepustet, und er werde nie die reglos liegende

Puppe vergessen, zerteilt in viele Teile, auf dem Foto aus der Ehrenfelsstraße. Ob es die Puppe tatsächlich gebe, habe Mr Copley gefragt, oder ob nur noch diese Bilder erhalten wären, und der Buchhändler habe nicht gewusst, was mit ihr sei, mit der Puppe, aber den Namen des Künstlers und die Adresse in Paris gekannt, und aufgrund dieser Bilder hätten sie den Brief geschrieben, sagt Mr Copley, und nach Paris geschickt, von wo ihn Petit weiter gesendet habe, zu uns in dieses Haus in Ermenonville.

Und wir drehen die Stühle zur Puppe, wir wenden uns der Puppe zu, und wir erheben die Gläser, als würden wir mit ihr anstoßen, und Mrs Copley schleudert ihre Serviette und sie landet der Puppe im Schoß. Mrs Copley steht auf und umkreist die Puppe, streckt ihre Zigarette vor, wedelt mit der Hand, und im Halbdunkel des Wohnzimmers tanzt die Glut um den Puppenschädel. Sie geht in die Hocke und stiert der Puppe zwischen die Beine, rückt so dicht an sie, dass die Glut die Locken ansengt, und der Geruch von verbranntem Haar verbreitet sich im Raum, und Asche rieselt auf die wächserne Haut, und jetzt betrachten wir alle die Puppe.

Hans hievt mich behutsam und sehr langsam wieder auf den Stuhl. Er breitet den Mantel über meine Brust, den jetzt geborstenen Brustkorb, den hauchdünnen Riss, der durch die Brustwarze läuft, vom Halsgrübchen hinunter zur Hüfte. Außer der winzigen Erschütterung, als Hans mich loslässt und ich im Stuhl zusammensinke, spüre ich nichts. Und von hier, wo ich jetzt sitze, im Stuhl am Fenster, höre ich Schritte auf dem Kies. Dann klopft es an der Tür. Dreimal. So laut, dass es selbst hier im Wohnzimmer zu hören ist. Hans greift nach der Gaslampe und schließt die Tür hinter sich. Und in meinem Dunkel höre ich, wie Hans in den Flur geht, um die Haustür zu öffnen. Und dann höre ich die Stimme der Wirtin, tief und breiig. Sie entschuldigt sich für die späte Störung, es sei ja fast schon Nacht, aber sie habe gerade vom Gasthaus aus Licht im Haus gesehen. Sie habe ihren Augen kaum trauen können, sei doch das Haus seit Anfang Dezember durchgehend stockdunkel gewesen, und jetzt sei immerhin Mitte Januar, und sie habe nie eine

Menschenseele gesehen. Sie habe uns den Brief bringen wollen, aber da sei niemand gewesen, dem sie ihn hätte geben können. Und hier, bitte, sagt sie, der Brief mit der Mitteilung, dass Sie morgen ausziehen müssen. Und ich höre wie Hans protestiert, aber sie sagt, sie habe zum ersten Mal seit Dezember Licht gesehen, und deshalb komme sie zu so später Stunde, um herauszufinden, ob jemand zu Hause sei. Und habe er denn nicht gesehen, wie das Haus verfalle, unseren ganzen Saustall, und morgen, sagt sie, werde das Haus ausgeräumt. Hans protestiert erneut, und übermorgen, sagt sie, kämen die neuen Mieter, und deshalb könne sie uns keine längere Frist geben. Auch wenn sie uns eigentlich gern habe, sagt sie, müssten wir zurück, nach Paris oder Berlin, oder wo auch immer wir herkämen. Wenn wir das Haus nicht räumten, tue sie es selbst, denn hier herrsche Chaos und Rattengestank, und jetzt sagt Hans nichts mehr, sondern lässt sie reden. Wer hätte das geglaubt, von den Deutschen, les Allemands, hätten die Kinder gerufen, und sie habe sie das Fenster einschmeißen sehen. Was wir hier getrieben hätten, könne keiner verstehen, und ob wir denn wirklich diese Puppe als Arbeit bezeichnen wollten, und Hans sagt, dann müssen wir wohl zurück nach Paris. Es sei ihr egal, wohin wir gingen, nach Paris oder Berlin, wo sie jede Nacht im Traum Steine umdrehe. Jede Nacht träume sie, dass sie durch die Ruinen in Berlin laufe, zwischen den eingestürzten Häusern. Sie habe erfahren, ja, jemand habe ihr erzählt, dass jeder Stein für einen Menschen stehe, und sie müsse jeden Stein umdrehen, das sei eine Arbeit, mit der sie nie fertig werde. Und wegen dieser Träume könne sie nicht schlafen, sagt die Wirtin zu Hans, sondern wache plötzlich auf, mit Herzklopfen, ohne zu wissen wo sie sei, und sie wisse auch sonst nichts, als dass Stein für Stein umgedreht werden müsse, und ihretwegen könnten wir hinziehen, wo wir wollten, sagt sie, solange wir nur morgen weg seien, denn früher oder später würde sie uns mit Gewalt vor die Tür setzen lassen, wie schon in dem Brief erklärt, adressiert an Hans.

Schau dir dieses Gesicht an, sagt Mrs Copley, die weit gespreizten Beine, die fast aus den Gelenken gerenkten Arme. Und sie tippt mit der Zigarette gegen den Puppenarm, da, sagt sie, eine Blinde, eine Taube, man müsste sich in diesen Augen spiegeln, in ihrem Blick, was sie wohl sieht, sagt sie und lacht, Blei, eine in Schutt und Asche aufgehende Stadt, blanke Pupillen und dahinter strömendes Wasser, Wimpern starr wie Stacheldraht, oder sind das gar ekstatisch verdrehte Augen, und ebenso blank liegt der See, ein Spiegel, und sie kann sich selbst von Kopf bis Fuß betrachten, da auf dem Steg, sie trippelt, stellt sich auf die Zehenspitzen, streckt jedes Glied ihres Körpers, während irgendeines Sommers im Strandbad Wannsee in Berlin. Sie trinkt Zitronenwasser und die Bläschen der säuerlichen Brause bitzeln am Gaumen, und sie hält die Flasche in die Höhe und blickt durch das gewölbte Glas, und das Glas ist ganz klar und fehlerlos blank. Sie schaut übers Wasser, und die Schatten fallen immer auf die andere

Seite des Sees, sagt Mrs Copley, setzt sich wieder und zündet an der Kerze am Tisch eine neue Zigarette an. Die Gesichter schweben vom Rauch umschleiert in der Luft, und damit wir uns besser sehen können, ziehen wir die Stühle näher an den Tisch, und Mrs Copley wedelt den Rauch weg, ich betrachte die Gesichter reihum und mir wird schwindelig. Ich halte mich an der Tischplatte fest, und das Strandbad Wannsee, sagt Mrs Copley, die Arkaden mit Eisbuden und Cafés seien die Spiegelung eines anderen Gebäudes, eines Hauses auf der anderen Seeseite, und Liebe Parteigenossen habe in den Einladungen des SS-Obergruppenführer Reinhard Heydrich gestanden, das Treffen wurde vom Dezember in den Januar verschoben, auf den 20., 1942, um 12 Uhr in Berlin, Am Großen Wannsee. Und hier hätten sie den Beschluss gefasst, gefolgt von Essen, und sie frage sich, was sie aßen, tranken, dass man solch einen schönen Ort gewählt hatte, und wer den Tisch deckte, wer Messer und Gabeln platzierte. Und aßen sie von Silbertellern, von Porzellan, und gurgelte Brotbrei und Spucke ihre Speiseröhren hinab, und blickten sie über den See, oder war das Wasser abgelassen worden, füllte sich der Grund nach und nach mit abgeschnittenen Haaren, Büscheln, die aus dem schleimigen Boden emporquollen, ein Berg Haarabfall, groß genug, sagt Mrs Copley, um Schatten auf ihre Tische zu werfen. Und sie, da auf dem Steg, streckt die Arme in die Höhe, springt ab, hechtet ins karamellbraune Wasser, dreht sich auf den Rücken. Ihre Muskeln ziehen sich zusammen, sie biegt sich, aalt sich vor Wonne, und die Bäume neigen ihre silbrig glitzernden Kronen zum Wasser, und der Ostwind weht durch den Wald und trägt das Lachen der Badenden über den See. Sie sieht in den Himmel, und nun muss sie raus, sie lässt sich mit geöffneten Augen sinken, und ihr Körper wird schwer, angesogen vom Grund, grüne, zu Schaum geschlagene Algen, weiches, die Haut umschließendes Wasser, und Unica, sagt Hans, während ich im Flur stehe, und während ich mir über dem Händewaschbecken das Gesicht wasche, vor dem kleinen, rostigen Spiegel, während ich auf der Toilette sitze und die Nylonstrümpfe runterrolle, auf meinen Schenkeln den kühlen Luftzug aus dem Flur spüre und pinkle, und durch die dünne holzvertäfelte Tür höre ich Hans zu Mr und Mrs Copley sagen, dass ich so getan hätte, als würde ich schlafen. Ich hätte ihm gesagt, ihn angewiesen, mich aus dem Bett zu holen, die Kamera aufzustellen, so hätte ich es gewollt, sagt Hans, ich hätte die Fotos der Puppe hervorgeholt, und wenn ich allein war, am Fenster unter der Lampe betrachtet. Er habe Zeichnungen und meine Notizen gefunden, in winzige Fetzen gerissen, über den Fußboden verteilt, und er habe die Nacht hindurch versucht, sie wieder zusammenzukleben, aber ich hätte gesagt, dass er mich im Schlaf fotografieren solle, wie die Puppe.

Ein Stück glimmender Docht fällt, verglüht einen Moment lang auf dem Tischtuch und hinterlässt ein kleines Brandloch. Ekpyrosis, sagt Mrs Copley, die altgriechische Vorstellung von der Wiedergeburt der Welt im Weltenbrand, und in ihrer Phantasie sei das ein großes Meer, allumfassend, heiß. Dass das gesamte Universum nach einer bestimmten Zeit in Feuer aufgehe und dadurch eine Reinigung erfahre, dass sich das wiederhole, sei überraschend, jedoch noch verwunderlicher sei, dass jedes neue Universum mit dem vorherigen identisch sein werde, bis aufs kleinste Detail, wenn also diese Welt einmal identisch wiederauferstünde, sagt sie, dann würde jedes Gebäude, die Kriegsruinen in Berlin, eines Tages wiedererrichtet, Stein für Stein. Hans reibt mit dem Daumen über den Fleck auf dem Tischtuch, und die Musik der Algerier, sagt er, der Krach vom Grammphon der Algerier, und der Nachbar unter ihnen, der Saufbruder, mit seinem Geheule, haben ihn zum ersten Mal den Krieg vergessen lassen, Berlin und die früh bis spät an der Wohnung in der Ehrenfelsstraße vorbeifahrenden Züge, und das Geräusch von Bremsen auf Rost, dieses beharrlich reibende Schaben während der Arbeit, wie ein Rasiermesser auf einem Gesicht. Mr Copley lauscht und nickt, ascht ab, lacht mitunter so laut, dass die Flammen flackern, und ganz egal, wo er sich in Berlin befunden habe, sagt Hans und hebt jetzt den Blick zur mir, und ich spüre den Wein unter meiner Haut, Wärme breitet sich in einer Welle von der Stirn her aus, und ich streiche übers Tischtuch, zwirble einen Zipfel des weißen Stoffs. Hans sieht zu mir und sagt, selbst wenn er sich in die Gegend um den Treptower Park verirrt habe, habe er die Züge hören können, diesen Rhythmus, der die gesamte Stadt, ganz Berlin durchdrang. Und allein gewesen seien wir erst beim dritten Mal, sage ich, zufälligerweise, ein paar Wochen nach unserer ersten Begegnung bei der Vernissage am Kurfürstendamm. Denn auf dem Weg nach Wannsee habe mein Zug in Jungfernheide gehalten, und die Lautsprecher hätten die Fahrgäste aufgefordert, auszusteigen und auf den nächsten Zug zu warten, und ich hätte mich auf eine Bank in die Sonne gesetzt. Und auf diesem Bahnsteig sah ich Hans vor mir auf und ab gehen. Er trug ein Paket unter dem Arm und war in seine braune Wildlederjacke gekleidet, ich senkte den Kopf, um nicht bemerkt zu werden. Wenn er mich sieht, dachte ich, ist es Wille des Schicksals, dass wir uns treffen. Und als ich aufsah, kam Hans mit seinen langen Schritten auf mich zu und sein Gesicht wurde weit, und sein Gesicht strahlte, als er mich entdeckte. Es war ein warmer Septembertag, das Sonnenlicht schmiegte sich um meine Schultern, leichte Windböen zupften an mir, und wir nahmen uns an den Händen, und als der nächste Zug kam, stiegen wir ein und setzten uns einander gegenüber, denn wir hatten so viel zu erzählen, und ich musste versprechen, bei seiner Mutter vorbeizukommen, wo er jetzt nach seiner Rückkehr aus Paris wohnte, und seit diesem Tag haben wir uns nicht mehr losgelassen, und dieses Tischtuch, sagt Mrs Copley und streichelt Hrn. Heinrichs weißes Fell, sei nicht mehr zu retten.

Es war Nacht, bald ist es Morgen. Ich sitze im Stuhl am Fenster, unter dem karmesinroten Mantel. Ich höre, wie sich im Zimmer nebenan jemand im Bett umdreht, Bett und Boden knarren. Dann Schritte im Flur, und die Tür geht auf. Und in der Tür sehe ich Unica. Ihre Gestalt tritt ins Wohnzimmer, groß, mit über den Rücken baumelndem Zopf, einem bis zum Boden, bis über die nackten Füße reichenden Nachthemd. Sie nimmt die Gaslampe und dreht am Zünder, damit die Flamme größer wird. Jetzt fällt das Licht auf ihr Gesicht. Das vom Schlaf verquollene Gesicht, sich langsam den Eindrücken des Tages öffnend. Sie stellt die Gaslampe ab, nimmt den Kessel und füllt ihn mit Wasser. Sie räumt die benutzten Servietten vom Tisch, legt die Dochtschere in die Schublade und stapelt die Teller am Abwaschbecken. Als das Wasser kocht, brüht sie Kaffee auf. Und dann höre ich oben Schritte, und Hans kommt die Treppe herunter und ins Wohnzimmer. Er röstet vier Scheiben Brot, während er für Hrn. Heinrich Zwiebackstücke in die Milch brockt.

Hans und Unica bewegen sich umeinander, nah beieinander, ohne sich zu berühren. Sie sitzen sich am Tisch gegenüber, rühren mit den Löffeln in ihren Tassen, sehen in die Tasse und zueinander. Unica bricht ein Stück vom gerösteten Brot und sagt, jetzt müssten sie abreisen, jetzt müssten sie zusehen, von hier wegzukommen, und Hans nickt, zurück nach Paris, und was dort auf sie warten werde, wüssten sie nicht. Sie beugt sich vor und nimmt seine Hand, und sie sitzen da und sehen sich über den Tisch hinweg an. Sie lässt seine Hand wieder los, und erst jetzt fällt ihr Blick auf den Stein. Und ich sehe Unica den Stein in die Hand nehmen, den Stein, den die Kinder durchs Fenster geworfen haben, den die Wirtin auf den Tisch gelegt hat. Unica wiegt den Stein in der Hand, lässt sie in den Schoß sinken. Dann dreht sie sich um und sieht das erste Mal zu mir herüber. Ich schließe die Augen und öffne sie wieder, und ich sehe, dass Hans nicht mehr im Raum ist. Unica steht großgewachsen, aufrecht da, der lange Zopf liegt über ihrem Rücken, sie steht am Tisch und hat sich umgezogen, schwarzer Rollkragenpullover und Rock. Sie geht einen Schritt auf mich zu. Und dann ruft Hans nach ihr, irgendwo von draußen, sie solle kommen, sie müssten jetzt gehen, sie könnten nicht länger warten, und es gibt eine große Bewegung in der Luft, und Unica dreht sich um und sagt, ja, jetzt komme sie.

Kurz darauf höre ich Stimmen, die Stimmen der Wirtin und mehrerer Männer. Schritte auf dem Kies. Jemand klopft an die Tür, und zugleich höre ich die Stimmen der Männer vor dem Fenster. Die Fensterläden gehen auf. Letzte Glasscherben fallen ins Zimmer. Es wird hell im Haus. Ich sehe, dass der Nebel fort ist. Jetzt scheint die Sonne durchs Haus, scheint durch mich. Alles kehrt zurück, leuchtender, mit klaren, festen Konturen. Ich sitze auf dem Stuhl, ich entleere mich. Mit den weichen Exkrementen verschwindet die Wärme aus dem Körper. Ich mache mich ganz leer. Und bald wird das Licht in mir scheinen.

ANMERKUNG DER AUTORIN

Werke, die mich während der Arbeit an diesem Buch begleitet haben:

Unica Zürn: *Gesamtausgabe*, Berlin (Brinkmann & Bose), 1988 – 2001.
und
Hans Bellmer: *Die Puppe*, Karlsruhe 1934; *Les Jeux de la poupée*, Paris 1949; *Petite Anatomie de l'image*, Paris 1957.

Zitat, Epigraf: Unica Zürn: aus »Notizen einer Blutarmen«, in: *Gesamtausgabe in 8 Bänden*, Verlag Brinkmann & Bose, Berlin 1988-2001

S. 11 *Der Geist aus der Flasche*
Titel eines Anagramms
Unica Zürn: *Gesamtausgabe in 8 Bänden*, Verlag Brinkmann & Bose, Berlin, 1988 – 2001, Anagramme, 1

S. 14 *Ja, so ein armes Schattenhirn kann eben nicht viel aushalten.*
aus H. C. Andersen, Der Schatten, Weltbild 1909. Übersetzung Pauline Klaiber

S. 18 *Er muss wachsen, ich aber geringer werden*
aus Joh. 3,30 Einheitsübersetzung 2016

S. 28 *Federmund*
aus
Unica Zürn: *Gesamtausgabe in 8 Bänden*, Verlag Brinkmann & Bose, Berlin, 1988 – 2001, Anagramme, 1
und
Unica Zürn: *Gesamtausgabe in 8 Bänden*, Verlag Brinkmann & Bose, Berlin, 1988 – 2001, »Die Trompeten von Jericho«, 4.1

S. 28 *Eure Haut ist Gesang*
aus Unica Zürn: *Gesamtausgabe in 8 Bänden*, Verlag Brinkmann & Bose, Berlin, 1988 – 2001, Anagramme, 1

S. 45-48, 54
Inspiriert von *Der Mann im Jasmin* und *Dunkler Frühling* von Unica Zürn

S. 56 *Stimmen, Stimmen. Höre, mein Herz, wie sonst nur Heilige hörten* Rainer Maria Rilke, *Duineser Elegien.*

S. 64 *Es ist Abend, und ich habe nichts zu verzeichnen, als die Unruhe meines Herzens, die zunimmt*
Aus Unica Zürn, aus »Notizen einer Blutarmen«, in: *Gesamtausgabe in 8 Bänden*, Verlag Brinkmann & Bose, Berlin, 1988 – 2001

S. 89, 92 *Clown Pipolo.*
Die Geschichte über Clown Pipolo ist aus *Die schönste Leuchtnase* von Unica Zürn.

S. 94: *When it's late in the evening I climb up the hill and survey all my kingdom while everything's still*
aus *Mockin' Bird Hill.* Lied von Carl Jularbo, Text von George Vaughn Horton.

S. 139
Die Geschichte über die Goldfische ist von einer Szene in *Deutscher Herbst '46* (Hohenheim Verlag, 1981) von Stig Dagerman inspiriert.

Danke an alle, die mir geholfen, die mit mir gelesen und mit mir mitgeträumt haben.

Danke besonders an Aina Villanger.

Nachwort

VON JULIA KORBIK

Unica. Was für ein Name. Unica, die Einzige. Unica, die Einzigartige. Unica, die Singuläre. Wer so einen Namen hat, der *muss* ein besonderes Leben führen, Besonderes schaffen. Unica Zürn ist der Verpflichtung ihres Namens nachgekommen: Sie hat sich in filigranen Zeichnungen und doppelsinnigen Anagrammen verewigt. Ihre Werke wurden mehrfach ausgestellt, als einer der wenigen weiblichen Namen wird ihrer im Zusammenhang mit Surrealismus genannt. Und doch ist es Unica Zürn so ergangen wie vielen anderen außergewöhnlichen Frauen: Sie ist vergessen worden. Oder wenn nicht vergessen, so doch zumindest verdeckt. Seit einigen Jahren werden von der Geschichte vergessene Frauen reihenweise wiederentdeckt, man widmet ihnen Anthologien und Bücher. Unica Zürn hat es (noch) nicht in eines dieser Bücher über Frauen, die ihren eigenen Weg gingen, geschafft (ihre Novelle *Dunkler Frühling* immerhin ist im Juli 2019 vom Merlin Verlag in einer

Neuauflage veröffentlicht worden). Warum? Vielleicht, weil sie so schwer zu fassen ist. Genau wie ihr durch Krankheit geprägtes Werk, das sich zwischen den Genres bewegt, zwischen Traum und Realität, zwischen leiser Melancholie und abgrundtiefer Traurigkeit. Vielleicht.

Fest steht: Unica Zürn wird heute nicht als eigenständige Künstlerin gesehen – sondern vor allem als Gefährtin eines berühmten Mannes, als ›Frau von‹. Das, oder als Wahnsinnige, als tragische Figur. Es versteht sich von selbst, dass Unica viel mehr war als das.

Das Leben von Unica, der Einzigen, beginnt in Berlin. Dort wird sie am 6. Juli 1916 als Nora Berta Unika Ruth Zürn geboren und wächst im Stadtteil Grunewald auf. Vater Ralph ist ein in den afrikanischen Kolonien stationierter Kavallerieoffizier und Möchtegern-Schriftsteller, Mutter Helene verhält sich Unica und deren älterem Bruder gegenüber kühl und distanziert. Ergebnis:

Beide Eltern sind, jeweils auf ihre Art, abwesend. Ihrer Freundin Ruth Henry gegenüber beschreibt Unica ihre großbürgerliche Kindheit dennoch als wunderbar[1] – der bewunderte Vater bringt von seinen Reisen exotische Schätze und Möbel mit, finanziell fehlt es der Familie an nichts. Und doch: In der autobiografisch geprägten Novelle *Dunkler Frühling* beschreibt Unica die Vergewaltigung der Protagonistin, eines jungen Mädchens, durch ihren Bruder. Verarbeitet Unica dort ihren eigenen Missbrauch? Eine Frage, die unbeantwortet bleibt. 1930 lassen die Eltern Zürn sich scheiden, ein einschneidendes Erlebnis für Unica. 1932 bricht sie die Schule ab und beginnt eine kaufmännische Ausbildung. Während der NS-Zeit arbeitet sie als Stenotypistin und Drehbuchautorin für das Filmunternehmen Ufa.

1942 heiratet sie den um einiges älteren wohlhabenden Erich Laupenmühlen. Das Paar bekommt zwei Kinder, eine Tochter und einen Sohn, Unica hört auf zu arbeiten.

[1] Vgl. Ruth Henry: *Die Einzige. Begegnungen mit Unica Zürn*, S. 38, Edition Nautilus, 2007.

Fast sieben Jahre lang führt Unica ein ruhiges, bürgerliches Leben mit Haushalt und Familie. Doch ihr Mann ist untreu, 1949 folgt die Scheidung – und das Sorgerecht für die beiden Kinder wird, trotz eindeutiger Schuldfrage, dem Vater zugesprochen. Unica ist auf sich allein gestellt. Es ist, nach der Scheidung der Eltern, der zweite große Bruch in ihrem Leben. Und so, wie das vom Krieg zerstörte Berlin sich langsam wieder aufbaut, setzt auch Unica sich neu zusammen. Aus Frau Laupenmühlen wird Unica Zürn – Unica streicht das »k« aus ihrem Namen und ersetzt es durch ein »c«. Unica, der Name, den ihre Mutter ihr gegeben, aber nie benutzt hat. Unica, der Name für ihre neue Identität.

In den folgenden Jahren hält Unica sich mit Geschichten für Zeitung und Radio finanziell über Wasser, so gerade eben. Im surrealistisch geprägten Berliner Kabarett *Die Badewanne* lernt sie den Maler Alexander Camaro kennen und lieben, bis 1953 sind die beiden ein Paar.

Kurz nach der Trennung trifft sie auf einer Vernissage den vierzehn Jahre älteren Künstler Hans Bellmer. Faszination auf den ersten Blick, auf beiden Seiten. Ende des Jahres folgt Unica Bellmer nach Paris, wohin dieser 1938 emigriert ist. In der französischen Hauptstadt lebt das Paar unter ärmlichen Bedingungen in einem schäbigen Hotel – bis zum Durchbruch Bellmers in der Kunstszene werden noch ein paar Jahre vergehen. Trotz der wenig komfortablen Lebensumstände fühlt Unica sich inspiriert: Sie steht mit Surrealisten wie André Breton, Marcel Duchamp und Max Ernst in Kontakt und beginnt, mit automatischem Zeichnen und Anagramm-Dichten zu experimentieren; 1954 erscheint ihre erste Anagramm-Sammlung *Hexentexte*. Zwischen 1956 und 1964 werden Unicas Zeichnungen in vier Einzelausstellungen gezeigt, sie ist außerdem Teil der internationalen Surrealismus-Ausstellung in Paris 1959. Es sind beruflich erfüllende Jahre, in denen Unica Anerkennung und Zuspruch erfährt.

Doch 1960 tritt zum ersten Mal das auf, was Unica selbst ihre »Krisen«[2] nennt: psychotische Perioden, die sie immer wieder zu Aufenthalten in diversen Kliniken und Therapieeinrichtungen zwingen. Die medizinischen Diagnosen variieren, wahrscheinlich handelt es sich um eine Mischung aus paranoider Schizophrenie, Depressionen und bipolarer Störung. Während ihrer »Krisen« ist Unica weiter produktiv, schreibt, malt und zeichnet: Die Krankheit ist gleichzeitig Last und Inspiration. 1967 erscheint *Dunkler Frühling* in Deutschland, 1969 in Frankreich – die französische Version entwickelt sich schnell zum Kultbuch. In ihrer deutschen Heimat hingegen stößt Unicas Werk auf Verwirrung und Unverständnis.

Hans Bellmer ist ebenfalls krank und nach einem Schlaganfall gelähmt. In der Einrichtung Maison Blanche, gelegen in einem Pariser Vorort, erreicht Unica im Mai 1970 ein Abschiedsbrief ihres Lebensgefährten. Er könne sich, so Bellmer, auf Anraten seines Arztes hin nicht weiter um Unica

[2] Vgl. Ruth Henry: *Die Einzige. Begegnungen mit Unica Zürn*, S. 13, Edition Nautilus, 2007.

kümmern. Wenig später wird Unica in die offene psychiatrische Klinik Château de la Chesnai de Chailles verlegt. Zum ersten Mal seit langer Zeit bessert sich ihr Zustand merkbar. Am 18. Oktober 1970 darf sie die Klinik für einige Tage verlassen und fährt zu Hans Bellmer nach Paris. Das Nun-Nicht-Mehr-Paar führt abends eine ruhige Unterhaltung, die sich für Unica offenbar wie ein Abschluss, ein endgültiger Abschied anfühlt – am nächsten Tag, den 19. Oktober 1970, stürzt sie sich aus dem Fenster der gemeinsamen Wohnung. Sie ist 54 Jahre alt. Posthum erscheint 1971 die Erzählung *Der Mann im Jasmin*.

Das eher kurze Leben der Unica Zürn, gerade mal ein halbes Jahrhundert hat es gedauert, scheint voller weißer Flecken zu sein; Farbe fehlt, Fragen bleiben. Und so wird versucht, die weißen Flecken auszumalen, die Umrisse der Figur Unica Zürn klar nachzuzeichnen. Doch Unica, in Werk wie Leben ambivalent, verweigert sich einer klaren Kategorisierung.

Kategorisiert wird sie trotzdem – vor allem von Männern. Wenn Unica Zürn heute als surrealistische Künstlerin gilt, dann aufgrund der Einschätzung Hans Bellmers – eine Einschätzung, die oft unhinterfragt übernommen wurde, wie die Kunstwissenschaftlerin Helga Lutz feststellt. In einer Analyse des zürnschen Werks schreibt sie: »Der Versuch, aus Zürn eine Surrealistin zu machen, dient letztlich vor allem dem Zweck, sich nach wie vor im Rahmen bestimmter surrealistischer Mythen von Weiblichkeit und Wahnsinn zu verorten und lesbar zu machen«[3]. Frauen erscheinen in der surrealistischen Kunst vor allem als passive Objekte männlicher Erhöhung oder Erniedrigung, sind Auslöser und Verkörperung wahnhafter Liebe. Von den Pariser Surrealisten wird Unica zwar geachtet und gefördert, eben weil ihr Werk viele surrealistische Elemente aufweist. Aber auch, weil es so wunderbar zu der von den Surrealisten geliebten wahnhaften Weiblichkeit passt. Unica, ihr autobiografisch geprägtes Werk, mit dem sie einen ganz eigenen Kosmos voller

[3] Helga Lutz: *Schriftbilder und Bilderschriften. Zum Verhältnis von Text, Zeichnung und Schrift bei Unica Zürn*, S. 73, J.B. Metzler, 2003.

Schmerz und Traumtänzereien schuf, muss den Surrealisten als ideale Verkörperung ihrer Ideen von Weiblichkeit erscheinen.

Unica als Inspiration männlicher Schaffenskraft. Dass sie heute oft nicht als eigenständige Künstlerin gesehen wird, sondern als Muse eines berühmten Mannes, hat auch mit den Arbeiten dieses berühmten Mannes zu tun – mit Hans Bellmers Puppen.

1933 konstruiert Bellmer seine erste Puppe aus Teilen von Schaufensterpuppen. Er verarbeitet Holz, Gips und Metall und fotografiert sein vollendetes Werk in verschiedenen Positionen. 1934 erscheint *Die Puppe*, inklusive zehn Fotografien und einem von Bellmer verfassten Essay. In Paris trifft der Künstler 1935 André Breton, bei dem Bellmers Puppenprojekt auf Interesse stößt: 1936 erscheint *La Poupée*, eine französische Übersetzung des deutschen Buches; Fotos der Puppen werden im Rahmen einer Surrealismus-Ausstellung im New Yorker Museum of Modern Art ausgestellt. Wie muss man sich diese Puppen vorstellen? Der Spiegel schreibt 1966 unter dem Titel *Puppen des Bösen* leicht angewidert: »Es sind mit genialischem Strich fixierte Mädchen- und Frauenleiber, deren zerfließendes, tröpfelndes, schrundiges Fleisch sich dem Betrachter bisweilen wie unter einem Röntgenschirm darbietet: Zwischen Fleischwülsten werden Gerippe sichtbar, die Haut ist ein abstreifbares Hemd, unter Gesichtern und Brüsten beginnt ein Dschungel von Innereien.«[4]

Bellmers Puppen sind entstellte Monstrositäten, zergliederte weibliche Körper. Sie erregen – und sie entsetzen. Für Bellmer sind sie eine Obsession. Als er Unica Zürn zum ersten Mal begegnet, soll er in ihr sofort die lebendige Verkörperung seiner Puppe erkannt haben. Für eine Serie von Fotos schnürt er seiner Lebensgefährtin die Brüste ab, zerteilt ihren Körper mit Schnüren, so, wie er es

[4] *Der Spiegel*, Nr. 21/1966, S. 145.

vorher nur mit seinen Puppenobjekten gemacht hat. Der Puppenspieler und seine Puppe.

Unica Zürn und Hans Bellmer inspirieren und unterstützen sich gegenseitig. Ihre 17 Jahre dauernde Beziehung ist trotzdem – oder gerade deshalb? – schwierig. Mehrfach versucht Unica, sich von ihrem Partner zu lösen, flieht nach Berlin, kehrt zurück. Es geht nicht mit-, aber auch nicht ohne einander. Für sie wie für ihn. Eine amour fou zweier komplizierter Menschen, die mit jeweils eigenen Dämonen kämpfen; eine Beziehung, die so produktiv wie toxisch ist. Ruth Henry schreibt über ihre Freundin Unica: »Zweifellos war Bellmer der Gefährte, den sie brauchte, um das couple maudit zu bilden, zu dem sie beide bestimmt waren: ein Paar, das einmütig dazu entschlossen ist, auch den größten Zwiespalt gemeinsam zu leben. Unfähig, sich voneinander zu lösen, weil es Erlösung nur gemeinsam kennt.«[5] Eine Zuflucht vom individuellen und gemeinsamen Wahn ist für das Paar der kleine Ort Ermenonville nordöstlich von Paris, wo es 1957 zum ersten Mal den Sommerurlaub verbringt.

Die Künstlerin Unica Zürn war viel mehr als nur eine Muse, ja. Und doch hat sie diese Rolle akzeptiert, hat sich zur Puppe machen lassen. Warum? Wie so oft, wenn es um Unica Zürn geht, ist die Antwort uneindeutig. Es kann nur Teilerklärungen geben, Erklärungsversuche. So scheint es natürlich, dass es jemandem mit Unicas psychischer Verfasstheit schwer fallen dürfte, sich von Erwartungen und Zuschreibungen anderer zu lösen. Ebenso spielt wohl Unicas masochistische Veranlagung – die sie in *Dunkler Frühling* thematisiert – eine Rolle. Schmerz, so scheint es, ist für Unica etwas Notwendiges. Für sie, sie sich so oft durch Traumwelten bewegt, ist er ein Schutz, um die Bodenhaftung nicht zu verlieren. Er erinnert sie an ihre Körperlichkeit.

[5] Vgl. Ruth Henry: *Die Einzige. Begegnungen mit Unica Zürn*, S. 46, Edition Nautilus, 2007.

Zur Erklärung, zum Versuch, das Enigma Unica Zürn zu verstehen, gehört auch Unicas Glaube daran, dass nur ein Mann sie retten kann. Ihre persönliche Obsession ist der ›Mann im Jasmin‹: Ein Mann mit blauen Augen, im Rollstuhl sitzend. Er begegnete der jungen Unica im Traum, ist weniger ein Mann als vielmehr die Idee eines Mannes. Ein idealisierter Mann, der Unica nichts anhaben kann, den sie nicht fürchten muss. Dieser Traum-Mann verfolgt Unica ein Leben lang. Später wird er zur Verkörperung ihrer Halluzinationen, ihres schizophrenen Wahns. Der ideale Mann als Rettung. Der ideale Mann als Verhängnis.

Unica Zürn war eine außergewöhnliche Frau. In vielerlei Hinsicht war sie aber auch eine gewöhnliche Frau. Die Zeit, in der sie aufwuchs und lebte, war eine Zeit, in der Frauen kaum etwas durften, und vieles mussten. Wie so viele andere Frauen, die eigene Wege im Leben gingen, war Unica keine geborene Rebellin. Sie führte mehrere Jahre lang das Leben einer Hausfrau und Mutter und war damit offenbar zufrieden. Glücklich sogar. Nach ihrer Scheidung war sie gezwungen, sich einen anderen Lebensentwurf zu suchen. Sie fand sich. Trotzdem übernahm sie auch in der Beziehung mit Hans Bellmer klaglos die Rolle der ›Frau‹, kochte und führte den Haushalt. Vielleicht, weil es ihr tatsächlich nichts ausmachte. Vielleicht, weil sie – als Frau – es schlicht nicht anders kannte. Wie so viele andere Frauen ihrer Generation hatte Unica Zürn Abtreibungen, verbotenerweise, heimlich. Weil Verhütung schwer zugänglich oder illegal war, weil Schwangerschaften, ob gewollt oder nicht, immer als rein weibliche Angelegenheit, als rein weibliches ›Problem‹ gesehen wurden.

Ähnlich ihren berühmten Zeitgenossinnen Sylvia Plath und Ingeborg Bachmann stellte Unica Zürn ihre eigenen, weiblichen Erfahrungen, ins Zentrum ihres Schaffens – verblieb aber auf der individuellen Ebene. Ihr Werk scheint losgelöst von Historie, Gesellschaft und Politik. Es ist voller Sinneseindrücke, Fragmente, Traumbilder. Voller Augen. Unica wird gesehen, fühlt sich beobachtet. Und: Sie sieht, sie beobachtet.

In ihren Anagrammen nimmt Unica Sätze und Worte, demontiert sie auseinander, transformiert sie und schafft so etwas völlig Neues. Ein anderer Kontext, Sinn entsteht. Aus »Ich weiss nicht, wie man die Liebe macht« wird ein Gedicht mit melancholisch-rätselhaften Sätzen wie »Sie weint bei einem Wachslicht im Dach« und mit dem wehmütigen Ende »Ich weiss, wie ich macht man die Liebe nicht«. Unica gießt Gedanken und Gefühle in Worte, sie zeichnet sie. Ihren Schmerz, ihre Ängste. Schmerzhaft schön. Unicas Anagrammen, ihren Geschichten und Zeichnungen merkt man ihr Alter nicht an. Sie wirken, als seien sie erst gestern entstanden. Weil sie so universell und gleichzeitig auf einzigartige Weise vom Leiden an der Welt erzählen, davon, wie es ist, zu viel zu fühlen, zu sehen, zu empfinden. Ihre sorgfältig ausgewählten und arrangierten Worte, ihre filigranen Zeichnungen, machen Räume im Kopf auf, verlangen geradezu, übliche Denkmuster und -pfade zu verlassen, eine andere Perspektive einzunehmen. Allein deshalb lohnt es sich, Unica Zürn zu lesen, zu entdecken: Sie dichtete, wie es niemand vor oder nach ihr jemals getan hatte, schon gar keine Frau. Aber auch deshalb: Trotz der konsequenten Subjektivität, die so typisch für Unica ist, verbindet sich in ihrem Werk das Private mit dem Politischen. Dort drückt sich eine Frau aus, die hart für ihre Freiheiten kämpfte – gegen sich selbst, gegen die Erwartungen, mit denen sie als Frau, als Patientin und Künstlerin konfrontiert wurde.

Dass eine so dermaßen individualistische, künstlerisch ambivalente, schwierige und auch noch kranke Künstlerin im männerdominierten Adenauer-Deutschland der 1950er und 1960er

Jahre kaum auf Interesse stieß, verwundert nicht. Frauen, das gilt noch immer, müssen fein säuberlich in Schubladen passen. Vor allem dürfen sie nicht schwierig sein. Nicht widersprüchlich.

Genau das aber war Unica Zürn. Schwierig, widersprüchlich. Eine Frau, die am Leben litt und dieses Leiden in Kunst verwandelte. Die oft schwach war und im Umgang mit ihrer Krankheit doch so viel Stärke zeigte. Die einen eigenen Lebensentwurf schuf und sich diesem konsequent verschrieb. Eine unabhängige Frau, auf ihre Weise. Vor allem: eine Frau, die den Mut hatte, dieses, ihr Leben zu leben. So gut sie konnte. Eine Frau, die wiederzuentdecken sich lohnt.

Unica, die Einzige.

Julia Korbik (*1988) lebt als Autorin und freie Journalistin in Berlin. 2018 wurde sie mit dem Luise-Büchner-Preis für Publizistik ausgezeichnet. Bisher sind von ihr erschienen *Stand Up. Feminismus für alle* (Kein & Aber), *Oh, Simone! Warum wir Beauvoir wiederentdecken sollten* (Rowohlt) und *Bonjour Liberté. Françoise Sagan und der Aufbruch in die Freiheit* (Hanser Berlin)

Die Originalausgabe unter dem Titel
Jeg, Unica
erschien 2016 zeitgleich bei Forlaget Oktober AS, Oslo auf Norwegisch und bei Gyldendal auf Dänisch.

MIX
Papier aus verantwortungsvollen Quellen
FSC® C083411
FSC
www.fsc.org

ISBN 978-3-7466-3766-2

Aufbau Taschenbuch ist eine Marke
der Aufbau Verlag GmbH & Co. KG

1. Auflage 2021

Umschlaggestaltung www.buerosued.de, München
unter Verwendung eines Bildes von plainpicture / Yuriy Orgakov
Druck und Binden CPI books GmbH, Leck, Germany
Printed in Germany

www.aufbau-verlag.de